Jacques Charpentreau

L'œuvre de Jacques Charpentreau compte une vingtaine de recueils
de poèmes, des contes et des nouvelles, des dictionnaires et des essais...
Président de la Maison de la Poésie, il s'est employé sans relâche à défendre
la poésie contemporaine auprès des jeunes lecteurs. Jacques Charpentreau
est mort en 2016.

Du même auteur :

• Les plus beaux poèmes d'hier et d'aujourd'hui
• Un petit bouquet de poèmes
• Trésor de la poésie française
• Jouer avec les poètes

Dominique Coffin

Née en 1956 à Boulogne-sur-Mer, Dominique Coffin a été enseignante
avant de concrétiser, en 1984, le premier projet en France de librairie
itinérante pour la jeunesse. Chargée par la suite du « plan lecture »
à l'inspection académique de la Somme, elle a aidé à la mise en place
de nombreuses bibliothèques dans les écoles du département.

Demain dès l'aube

Les cent plus beaux poèmes

Jacques Charpentreau

L'œuvre de Jacques Charpentreau compte une vingtaine de recueils de poèmes, des contes et des nouvelles, des dictionnaires et des essais... Président de la Maison de la Poésie, il s'emploie sans relâche à défendre la poésie contemporaine auprès des jeunes lecteurs.

Du même auteur :

- Les plus beaux poèmes d'hier et d'aujourd'hui
- Un petit bouquet de poèmes
- Trésor de la poésie française
- Jouer avec les poètes

Dominique Coffin

Née en 1956 à Boulogne-sur-Mer, Dominique Coffin a été enseignante avant de concrétiser, en 1984, le premier projet en France de librairie itinérante pour la jeunesse. Chargée par la suite du « plan lecture » à l'Inspection académique de la Somme, elle a aidé à la mise en place de nombreuses bibliothèques dans les écoles du département.

Demain
dès l'aube

Les cent plus beaux poèmes pour l'enfance et la jeunesse choisis par les poètes d'aujourd'hui

présentés
par Jacques Charpentreau et Dominique Coffin

Illustrations
de Michel Charrier

Les cent plus beaux poèmes
ont été choisis par

Marc Alyn
Daniel Ancelet
Marie-Claire Bancquart
Marcel Béalu
Raoul Bécousse
Marcel Béguey
Pierre-Bérenger Biscaye
Ginette Bonvalet
Alain Bosquet
Alain Boudet
Jean Bouhier
Pierre Boujut
Jean Breton
Serge Brindeau
Christian Bulting
Hélène Cadou
Pierre Chabert
Jean-François Chabrun
Jacques Charpentreau
Andrée Chedid
Marie Chevallier
Clod' Aria
Michèle Comte
Pierre Coran
Michel Cosem
Dagadès
Luc Decaunes

Michel Deguy
Marc Delouze
Bernard Delvaille
Anne-Marie Derèse
Jean Desmeuzes
Lucienne Desnoues
Charles Dobzynski
Louis Dubost
Micheline Dupray
José Ensch
Pierre Ferran
Pierre Gabriel
Jacques Galan
Pierre Gamarra
Jacques Gaucheron
Georges L. Godeau
Jean Guichard-Meili
Luce Guilbaud
Arthur Haulot
Claudine Helft
Robert Houdelot
Edmond Humeau
Andrée Hyvernaud
Édith Jacqueneaux
Georges Jean
Jean Joubert
Bernard Jourdan

Vénus Khoury-Ghata
Frédéric Kiesel
Jean l'Anselme
Claire de La Soujeole
Jean-Louis Le Dizet
Paule-Nathalie Lefebvre
Charles Le Quintrec
Claude Le Roy
Henri de Lescoët
Jean Lescure
Jean Lestavel
Brigitte Level
Louis Levionnois
Paul Lorenz
Bernard Lorraine
Robert Mallet
Jean Mambrino
Rouben Melik
Ménaché
Pierre Menanteau
Jacques Mercier
Armand Monjo

Jean-Luc Moreau
Jeanine Moulin
Norge
René de Obaldia
Marie-Claire d'Orbaix
Jean Orizet
Catherine Paysan
Jean Pénard
Christian Poslaniec
Gisèle Prassinos
Jean-Claude Renard
Robert Sabatier
Joël Sadeler
Pierrette Sartin
Joseph-Paul Schneider
Andrée Sodenkamp
Lucie Spède
Jean-Pierre Vallotton
Évelyne Wilwerth
Liliane Wouters

Demain, dès l'aube...

C'est dès l'aube qu'il faut partir avec Victor Hugo, puisque son poème a été désigné par des poètes d'aujourd'hui comme le plus beau de notre poésie. Avec lui, et avec beaucoup d'autres poètes qui nous offrent « le mystère en fleur » comme disait Guillaume Apollinaire.

Grâce à eux, la poésie est un jardin enchanté, d'une richesse et d'une diversité fabuleuses, où l'on voudrait pouvoir tout cueillir ; mais il est bien difficile de faire un choix parmi tous ces poèmes.

Pour nous y aider, quatre-vingt-seize poètes d'aujourd'hui ont choisi les cent poèmes qu'ils trouvent les plus beaux, ceux qu'ils veulent faire connaître parce qu'ils les aiment encore plus que les autres. Grâce à eux, se trouve ainsi rassemblé le plus remarquable *florilège*.

Car ces poèmes ont été choisis un par un, avec passion, en tenant compte de leur beauté, comme on cueille une à une *les fleurs* d'un bouquet qu'on veut offrir à quelqu'un qu'on aime.

Ainsi, en suivant leurs goûts profonds, en rendant hommage aux poètes qui les ont aidés à devenir eux-mêmes des écrivains, mais en pensant aussi aux lecteurs qui sont à l'aube de leur vie, des *poètes d'aujourd'hui* ont choisi pour notre plaisir *les cent plus beaux poèmes de toujours* dans l'immense et merveilleux jardin de notre poésie.

Jacques Charpentreau et Dominique Coffin

Petit bonheur deviendra grand
(Norge)

Au petit bonheur

Rien qu'un petit bonheur, Suzette,
Un petit bonheur qui se tait.
Le bleu du ciel est de la fête ;
Rien qu'un petit bonheur secret.

Il monte ! C'est une alouette
Et puis voilà qu'il disparaît ;
Le bleu du ciel est de la fête.
Il chante, il monte, il disparaît.

Mais si tu l'écoutes, Suzette,
Si dans tes paumes tu le prends
Comme un oiseau tombé des crêtes,
Petit bonheur deviendra grand.

NORGE

Le printemps

Le Temps a laissé son manteau
De vent, de froidure et de pluie,
Et s'est vêtu de broderie
De soleil luisant, clair et beau.

Il n'y a bête ni oiseau
Qu'en son jargon ne chante ou crie :
« Le Temps a laissé son manteau
De vent, de froidure et de pluie. »

Rivière, fontaine et ruisseau
Portent en livrée jolie
Gouttes d'argent d'orfèvrerie ;
Chacun s'habille de nouveau :
Le Temps a laissé son manteau.

Charles d'ORLÉANS

Les roses
de Saadi

J'ai voulu ce matin te rapporter des roses ;
Mais j'en avais tant pris dans mes ceintures closes
Que les nœuds trop serrés n'ont pu les contenir.

Les nœuds ont éclaté. Les roses envolées
Dans le vent, à la mer s'en sont toutes allées.
Elles ont suivi l'eau pour ne plus revenir.

La vague en a paru rouge et comme enflammée.
Ce soir, ma robe encore en est toute embaumée...
Respires-en sur moi l'odorant souvenir.

Marceline DESBORDES-VALMORE

D'un vanneur
de blé aux vents

À vous, troupe légère,
Qui d'aile passagère
Par le monde volez,
Et d'un sifflant murmure
L'ombrageuse verdure
Doucement ébranlez,

J'offre ces violettes,
Ces lis et ces fleurettes
Et ces roses ici,
Ces vermeillettes roses,
Tout fraîchement écloses,
Et ces œillets aussi.

De votre douce haleine
Éventez cette plaine,
Éventez ce séjour,
Cependant que j'ahanne
À mon blé que je vanne
À la chaleur du jour.

Joachim du BELLAY

Le chat et le soleil

Le chat ouvrit les yeux,
Le soleil y entra.
Le chat ferma les yeux,
Le soleil y resta.

Voilà pourquoi, le soir,
Quand le chat se réveille,
J'aperçois dans le noir
Deux morceaux de soleil.

Maurice CARÊME

Le faon

Si je touche cette boîte
En bois de haute futaie
Un faon s'arrête et regarde
Au plus fort de la forêt.

Beau faon, détourne la tête,
Poursuis ton obscur chemin.
Tu ne sauras jamais rien
De ma vie et de ses gestes.

Que peut un homme pour toi,
Un homme qui te regarde
À travers le pauvre bois
D'une boîte un peu hagarde.

Ton silence et tes beaux yeux
Sont clairières dans le monde,
Et tes fins petits sabots
Pudeur de la terre ronde.

Un jour tout le ciel prendra
Comme un lac, par un grand froid,
Et fuiront, d'un monde à l'autre,
De beaux faons, les miens, les vôtres.

Jules SUPERVIELLE

Saltimbanques

Dans la plaine les baladins
S'éloignent au long des jardins
Devant l'huis des auberges grises
Par les villages sans églises

Et les enfants s'en vont devant
Les autres suivent en rêvant
Chaque arbre fruitier se résigne
Quand de très loin ils lui font signe

Ils ont des poids ronds ou carrés
Des tambours des cerceaux dorés
L'ours et le singe animaux sages
Quêtent des sous sur leur passage

Guillaume APOLLINAIRE

La fourmi

Une fourmi de dix-huit mètres
Avec un chapeau sur la tête,
Ça n'existe pas, ça n'existe pas.
Une fourmi traînant un char
Plein de pingouins et de canards,
Ça n'existe pas, ça n'existe pas.
Une fourmi parlant français,
Parlant latin et javanais,
Ça n'existe pas, ça n'existe pas.
Eh ! Pourquoi pas ?

Robert DESNOS

En sortant de l'école

En sortant de l'école
nous avons rencontré
un grand chemin de fer
qui nous a emmenés
tout autour de la terre
dans un wagon doré
Tout autour de la terre
nous avons rencontré
la mer qui se promenait
avec tous ses coquillages
ses îles parfumées
et puis ses beaux naufrages

et ses saumons fumés
Au-dessus de la mer
nous avons rencontré
la lune et les étoiles
sur un bateau à voile
partant pour le Japon
et les trois mousquetaires
des cinq doigts de la main
tournant la manivelle d'un petit sous-marin
plongeant au fond des mers
pour chercher des oursins
Revenant sur la terre
nous avons rencontré
sur la voie de chemin de fer
une maison qui fuyait
fuyait tout autour de la terre
fuyait tout autour de la mer
fuyait devant l'hiver
qui voulait l'attraper
Mais nous sur notre chemin de fer
on s'est mis à rouler
rouler derrière l'hiver
et on l'a écrasé
et la maison s'est arrêtée
et le printemps nous a salués
C'était lui le garde-barrière
et il nous a bien remerciés
et toutes les fleurs de toute la terre
soudain se sont mises à pousser
pousser à tort et à travers
sur la voie de chemin de fer

qui ne voulait plus avancer
de peur de les abîmer
Alors on est revenu à pied
à pied tout autour de la terre
à pied tout autour de la mer
tout autour du soleil
de la lune et des étoiles
À pied à cheval en voiture
et en bateau à voiles.

Jacques PRÉVERT

Naïf

— Je stipule,
dit le roi,
que les grelots de ma mule
seront des grelots de bois.

— Je stipule,
dit la reine,
que les grelots de ma mule
seront des grelots de frêne.

— Je stipule,
dit le dauphin,
que les grelots de ma mule
seront en cœur de sapin.

— Je stipule,
dit l'infante,
élégante,
que les grelots de ma mule
seront faits de palissandre.

— Je stipule,
dit le fou,
que les grelots de ma mule
seront des grelots de houx.

Mais, quand on appela le menuisier,
Il n'avait que du merisier.

Maurice FOMBEURE

Le hareng saur

Il était un grand mur blanc — nu, nu, nu,
Contre le mur une échelle — haute, haute, haute,
Et, par terre, un hareng saur — sec, sec, sec.

Il vient, tenant dans ses mains — sales, sales, sales,
Un marteau lourd, un grand clou — pointu, pointu, pointu,
Un peloton de ficelle — gros, gros, gros.

Alors il monte à l'échelle — haute, haute, haute,
Et plante le clou pointu — toc, toc, toc,
Tout en haut du grand mur blanc — nu, nu, nu.

Il laisse aller le marteau — qui tombe, qui tombe, qui tombe,
Attache au clou la ficelle — longue, longue, longue,
Et, au bout, le hareng saur — sec, sec, sec.

Il redescend de l'échelle — haute, haute, haute,
L'emporte avec le marteau — lourd, lourd, lourd,
Et puis, il s'en va ailleurs — loin, loin, loin.

Et, depuis, le hareng saur — sec, sec, sec,
Au bout de cette ficelle — longue, longue, longue,
Très lentement se balance — toujours, toujours, toujours.

J'ai composé cette histoire — simple, simple, simple,
Pour mettre en fureur les gens — graves, graves, graves,
Et amuser les enfants — petits, petits, petits.

Charles CROS

Chansons des escargots
qui vont à l'enterrement

À l'enterrement d'une feuille morte
Deux escargots s'en vont
Ils ont la coquille noire
Du crêpe autour des cornes
Ils s'en vont dans le soir
Un très beau soir d'automne
Hélas quand ils arrivent
C'est déjà le printemps
Les feuilles qui étaient mortes
Sont toutes ressuscitées
Et les deux escargots
Sont très désappointés
Mais voilà le soleil
Le soleil qui leur dit
Prenez prenez la peine
La peine de vous asseoir
Prenez un verre de bière
Si le cœur vous en dit
Prenez si ça vous plaît
L'autocar pour Paris
Il partira ce soir
Vous verrez du pays
Mais ne prenez pas le deuil
C'est moi qui vous le dis
Ça noircit le blanc de l'œil
Et puis ça enlaidit
Les histoires de cercueils
C'est triste et pas joli

Reprenez vos couleurs
Les couleurs de la vie
Alors toutes les bêtes
Les arbres et les plantes
Se mettent à chanter
À chanter à tue-tête
La vraie chanson vivante
La chanson de l'été
Et tout le monde de boire
Tout le monde de trinquer
C'est un très joli soir
Un joli soir d'été
Et les deux escargots
S'en retournent chez eux
Ils s'en vont très émus
Ils s'en vont très heureux
Comme ils ont beaucoup bu
Ils titubent un p'tit peu
Mais là-haut dans le ciel
La lune veille sur eux.

Jacques PRÉVERT

Celui qui entre
par hasard...

Celui qui entre par hasard dans la demeure d'un poète
Ne sait pas que les meubles ont pouvoir sur lui
Que chaque nœud du bois renferme davantage
De cris d'oiseaux que tout le cœur de la forêt
Il suffit qu'une lampe pose son cou de femme
À la tombée du soir contre un angle verni
Pour délivrer soudain mille peuples d'abeilles
Et l'odeur de pain frais des cerisiers fleuris
Car tel est le bonheur de cette solitude
Qu'une caresse toute plate de la main
Redonne à ces grands meubles noirs et taciturnes
La légèreté d'un arbre dans le matin.

René Guy CADOU

J'ai vu le menuisier

J'ai vu le menuisier
Tirer parti du bois.

J'ai vu le menuisier
Comparer plusieurs planches.

J'ai vu le menuisier
Caresser la plus belle.

J'ai vu le menuisier
Approcher le rabot.

J'ai vu le menuisier
Donner la juste forme.

Tu chantais, menuisier
En assemblant l'armoire.

Je garde ton image
Avec l'odeur du bois.

Moi, j'assemble des mots
Et c'est un peu pareil.

Eugène GUILLEVIC

La salle à manger

Il y a une armoire à peine luisante
qui a entendu les voix de mes grand-tantes,
qui a entendu la voix de mon grand-père,
qui a entendu la voix de mon père.
À ces souvenirs l'armoire est fidèle.
On a tort de croire qu'elle ne sait que se taire,
car je cause avec elle.

Il y a aussi un coucou en bois.
Je ne sais pourquoi il n'a plus de voix.
Je ne peux pas le lui demander.
Peut-être qu'elle est cassée,
la voix qui était dans son ressort,
tout bonnement comme celle des morts.

Il y a aussi un vieux buffet
qui sent la cire, la confiture,
la viande, le pain et les poires mûres.
C'est un serviteur fidèle qui sait
qu'il ne doit rien nous voler.

Il est venu chez moi bien des hommes et des femmes
qui n'ont pas cru à ces petites âmes.
Et je souris que l'on me pense seul vivant
quand un visiteur me dit en entrant :
— comment allez-vous, monsieur Jammes ?

Francis JAMMES

La ronde autour
du monde

Si toutes les filles du monde voulaient s'donner la main, tout autour de la mer elles pourraient faire une ronde.

Si tous les gars du monde voulaient bien êtr' marins, ils f'raient avec leurs barques un joli pont sur l'onde.

Alors on pourrait faire une ronde autour du monde, si tous les gens du monde voulaient s'donner la main.

Paul FORT

À pas de vent
de loup
de fougère
et de menthe...

(Claude Roy)

La nuit

Elle est venue la nuit de plus loin que la nuit
À pas de vent de loup de fougère et de menthe
Voleuse de parfum impure fausse nuit
Fille aux cheveux d'écume issus de l'eau dormante

Après l'aube la nuit tisseuse de chansons
S'endort d'un songe lourd d'astres et de méduses
Et les jambes mêlées aux fuseaux des saisons
Veille sur le repos des étoiles confuses

Sa main laisse glisser les constellations
Le sable fabuleux des mondes solitaires
La poussière de Dieu et de sa création
La semence de feu qui féconde les terres

Mais elle vient la nuit de plus loin que la nuit
À pas de vent de mer de feu de loup de piège
Bergère sans troupeaux glaneuse sans épis
Aveugle aux lèvres d'or qui marche sur la neige

Claude ROY

Nuit rhénane

Mon verre est plein d'un vin trembleur comme une flamme
Écoutez la chanson lente d'un batelier
Qui raconte avoir vu sous la lune sept femmes
Tordre leurs cheveux verts et longs jusqu'à leurs pieds

Debout chantez plus haut en dansant une ronde
Que je n'entende plus le chant du batelier
Et mettez près de moi toutes les filles blondes
Au regard immobile aux nattes repliées

Le Rhin le Rhin est ivre où les vignes se mirent
Tout l'or des nuits tombe en tremblant s'y refléter
La voix chante toujours à en râle-mourir
Ces fées aux cheveux verts qui incantent l'été

Mon verre s'est brisé comme un éclat de rire

Guillaume APOLLINAIRE

Recueillement

Sois sage, ô ma Douleur, et tiens-toi plus tranquille.
Tu réclamais le Soir ; il descend ; le voici :
Une atmosphère obscure enveloppe la ville,
Aux uns portant la paix, aux autres le souci.

Pendant que des mortels la multitude vile,
Sous le fouet du Plaisir, ce bourreau sans merci,
Va cueillir des remords dans la fête servile,
Ma Douleur, donne-moi la main ; viens par ici,

Loin d'eux. Vois se pencher les défuntes Années,
Sur les balcons du ciel, en robes surannées ;
Surgir du fond des eaux le Regret souriant ;

Le Soleil moribond s'endormir sous une arche,
Et, comme un long linceul traînant à l'Orient,
Entends, ma chère, entends, la douce Nuit qui marche.

Charles BAUDELAIRE

Les amis inconnus

Il vous naît un poisson qui se met à tourner
Tout de suite au plus noir d'une lame profonde,
Il vous naît une étoile au-dessus de la tête.
Elle voudrait chanter mais ne peut faire mieux
Que ses sœurs de la nuit les étoiles muettes.

Il vous naît un oiseau dans la force de l'âge
En plein vol, et cachant son histoire en son cœur
Puisqu'il n'a que son cri d'oiseau pour la montrer.
Il vole sur les bois, se choisit une branche
Et s'y pose, on dirait qu'elle est comme les autres.

Où courent-ils ainsi ces lièvres, ces belettes,
Il n'est pas de chasseur encor dans la contrée,
Et quelle peur les hante et les fait se hâter,
L'écureuil qui devient feuille et bois dans sa fuite,
La biche et le chevreuil soudain déconcertés ?

Il vous naît un ami, et voilà qu'il vous cherche
Il ne connaîtra pas votre nom ni vos yeux
Mais il faudra qu'il soit touché comme les autres
Et loge dans son cœur d'étranges battements
Qui lui viennent de jours qu'il n'aura pas vécus.

Et vous, que faites-vous, ô visage troublé,
Par ces brusques passants, ces bêtes, ces oiseaux,
Vous qui vous demandez, vous, toujours sans nouvelles,
« Si je croise jamais un des amis lointains
Au mal que je lui fis vais-je le reconnaître ? »

Pardon pour vous, pardon pour eux, pour le silence
Et les mots inconsidérés,
Pour les phrases venant de lèvres inconnues
Qui vous touchent de loin comme balles perdues
Et pardon pour les fronts qui semblent oublieux.

Jules SUPERVIELLE

L'oiseau mécanique

L'oiseau tête brûlée
Qui chantait la nuit
Qui réveillait l'enfant
Qui perdait ses plumes dans l'encrier

L'oiseau pattes de 7 lieues
Qui cassait les assiettes
Qui dévastait les chapeaux
Qui revenait de Suresnes

L'oiseau l'oiseau mécanique
A perdu sa clef
Sa clef des champs
Sa clef de voûte

Voilà pourquoi il ne chante plus

Robert DESNOS

Le petit poème

Il faut caresser le petit poème
D'une main légère et qui pèse à peine,
Toujours dans le sens des plumes des ailes,

Pour l'apprivoiser, lui dire qu'on l'aime,
Que le ciel immense est son vrai domaine,
Qu'il est tendre et beau, que la vie l'appelle...

Il hésite un peu, l'attente est si belle,
Il frémit encor, le désir l'entraîne
Et s'envole alors le petit poème.

Jacques CHARPENTREAU

Pour faire le portrait
d'un oiseau

Peindre d'abord une cage
avec une porte ouverte
peindre ensuite
quelque chose de joli
quelque chose de simple
quelque chose de beau
quelque chose d'utile...
pour l'oiseau
placer ensuite la toile contre un arbre
dans un jardin
dans un bois
ou dans une forêt
se cacher derrière l'arbre
sans rien dire
sans bouger...
Parfois l'oiseau arrive vite
mais il peut aussi bien mettre de longues années
avant de se décider
Ne pas se décourager
attendre
attendre s'il le faut pendant des années
la vitesse ou la lenteur de l'arrivée
de l'oiseau n'ayant aucun rapport
avec la réussite du tableau
quand l'oiseau arrive
s'il arrive
observer le plus profond silence
attendre que l'oiseau entre dans la cage

et quand il est entré
fermer doucement la porte avec le pinceau
puis
effacer un à un tous les barreaux
en ayant soin de ne toucher aucune des plumes de l'oiseau
Faire ensuite le portrait de l'arbre
en choisissant la plus belle de ses branches
pour l'oiseau
peindre aussi le vert feuillage et la fraîcheur du vent
la poussière du soleil
et le bruit des bêtes de l'herbe dans la chaleur de l'été
et puis attendre que l'oiseau se décide à chanter
Si l'oiseau ne chante pas
c'est mauvais signe
signe que le tableau est mauvais
mais s'il chante c'est bon signe
signe que vous pouvez signer
alors vous arrachez tout doucement
une des plumes de l'oiseau
et vous écrivez votre nom dans un coin du tableau.

Jacques PRÉVERT

Le pélican

Le capitaine Jonathan,
Étant âgé de dix-huit ans,
Capture un jour un pélican
Dans une île d'Extrême-Orient.

Le pélican de Jonathan
Au matin, pond un œuf tout blanc
Et il en sort un pélican
Lui ressemblant étonnamment.

Et ce deuxième pélican
Pond, à son tour, un œuf tout blanc
D'où sort, inévitablement
Un autre qui en fait autant.

Cela peut durer pendant très longtemps
Si l'on ne fait pas d'omelette avant.

Robert DESNOS

Un bœuf gris
de la Chine...

Un bœuf gris de la Chine,
Couché dans son étable,
Allonge son échine
Et dans le même instant
Un bœuf de l'Uruguay
Se retourne pour voir
Si quelqu'un a bougé.
Vole sur l'un et l'autre
À travers jour et nuit
L'oiseau qui fait sans bruit
Le tour de la planète
Et jamais ne la touche
Et jamais ne s'arrête.

Jules SUPERVIELLE

Le chat

Dans ma cervelle se promène,
Ainsi qu'en son appartement,
Un beau chat, fort, doux et charmant.
Quand il miaule, on l'entend à peine,

Tant son timbre est tendre et discret ;
Mais que sa voix s'apaise ou gronde,
Elle est toujours riche et profonde.
C'est là son charme et son secret.

Cette voix, qui perle et qui filtre
Dans mon fond le plus ténébreux,
Me remplit comme un vers nombreux
Et me réjouit comme un philtre.

Elle endort les plus cruels maux
Et contient toutes les extases ;
Pour dire les plus longues phrases,
Elle n'a pas besoin de mots.

Non, il n'est pas d'archet qui morde
Sur mon cœur, parfait instrument,
Et fasse plus royalement
Chanter sa plus vibrante corde,

Que ta voix, chat mystérieux,
Chat séraphique, chat étrange,
En qui tout est, comme en un ange,
Aussi subtil qu'harmonieux !

II

De sa fourrure blonde et brune
Sort un parfum si doux, qu'un soir
J'en fus embaumé, pour l'avoir
Caressée une fois, rien qu'une.

C'est l'esprit familier du lieu ;
Il juge, il préside, il inspire
Toutes choses dans son empire :
Peut-être est-il fée, est-il dieu.

Quand mes yeux, vers ce chat que j'aime
Tirés comme par un aimant,
Se retournent docilement
Et que je regarde en moi-même,

Je vois avec étonnement
Le feu de ses prunelles pâles,
Clairs fanaux, vivantes opales,
Qui me contemplent fixement.

Charles BAUDELAIRE

La grenouille bleue

I

Prière au bon forestier

Nous vous en prions à genoux, bon forestier, dites-nous-le ! à quoi reconnaît-on *chez vous* la fameuse grenouille bleue ?

à ce que les autres sont vertes ? à ce qu'elle est pesante ? alerte ? à ce qu'elle fuit les canards ? ou se balance aux nénuphars ?

à ce que sa voix est perlée ? à ce qu'elle porte une houppe ? à ce qu'elle rêve par troupe ? en ménage ? ou bien isolée ?

Ayant réfléchi très longtemps et reluquant un vague étang, le bonhomme nous dit : eh mais, à ce qu'on ne la voit jamais.

II

Réponse au forestier

Tu mentais, forestier. Aussi ma joie éclate ! Ce matin je l'ai vue : un vrai saphir à pattes. Complice du beau temps, amante du ciel pur, elle était verte, mais réfléchissait l'azur.

III

Le remords

Eh bien ! non, elle existe et son petit cœur bouge, ou plutôt elle est morte : elle meurt dans nos mains. Nous nous la repassons. Un enfant, ce matin, nous l'a pêchée avec une épingle et du rouge.

Pardon, ma petite âme, ô douce chanterelle, qui chante quand la lune a ses parasélènes, morte ainsi dans nos mains, que tu me fais de peine ! et bleue, oui, tu es bleue, du plus haut bleu du ciel !

Faut-il que le zéphyr disperse tes atomes ! Légère fée des bois, tu n'es plus qu'un fantôme. Bleue, je te pleure ; verte, hélas ! qu'eussé-je fait ? je t'aurais rejetée. Le cœur n'est point parfait.

Paul FORT

Le vent

Sur la bruyère longue infiniment,
Voici le vent cornant Novembre,
Sur la bruyère, infiniment,
    Voici le vent,
Qui se déchire et se démembre
En souffles lourds, battant les bourgs,
    Voici le vent,
Le vent sauvage de Novembre.

    Aux puits des fermes,
Les seaux de fer et les poulies
    Grincent.
    Aux citernes des fermes,
    Les seaux et les poulies
    Grincent et crient
Toute la mort dans leurs mélancolies.

Le vent rafle, le long de l'eau,
Les feuilles vertes des bouleaux,
Le vent sauvage de Novembre ;
    Le vent mord dans les branches
        Des nids d'oiseaux ;
    Le vent râpe du fer,
Et peigne au loin les avalanches,
— Rageusement — du vieil hiver,
    Rageusement, le vent,
Le vent sauvage de Novembre.

Dans les étables lamentables
Les lucarnes rapiécées
Ballottent leurs loques falotes
   De vitre et de papier
— Le vent sauvage de Novembre ! —
Sur sa butte de gazon bistre,
De bas en haut à travers airs,
De haut en bas, à coups d'éclairs,
Le moulin noir fauche, sinistre,
Le moulin noir fauche le vent,
      Le vent,
Le vent sauvage de Novembre.

Les vieux chaumes à croupetons,
Autour de leurs clochers d'église,
Sont soulevés sur leurs bâtons ;
Les vieux chaumes et leurs auvents
      Claquent au vent,
Au vent sauvage de Novembre.
Les croix du cimetière étroit,
Les bras des morts que sont ces croix,
   Tombent comme un grand vol,
Rabattu noir, contre le sol.

Le vent sauvage de Novembre,
      Le vent,
L'avez-vous rencontré, le vent,
Au carrefour des trois cents routes,
Criant de froid, soufflant d'ahan,
L'avez-vous rencontré, le vent,
Celui des peurs et des déroutes ;

L'avez-vous vu cette nuit-là,
Quand il jeta la lune à bas
Et que, n'en pouvant plus,
Tous les villages vermoulus
Criaient, comme des bêtes,
Sous la tempête ?

Sur la bruyère, infiniment
Voici le vent hurlant
Voici le vent cornant Novembre.

Émile VERHAEREN

Un jour

Un jour
Il y aura autre chose que le jour
Une chose plus franche, que l'on appellera le Jodel
Une encore, translucide comme l'arcanson
Que l'on s'enchâssera dans l'œil d'un geste élégant
Il y aura l'auraille, plus cruel
Le volutin, plus dégagé
Le comble, plus sempiternel
Le baouf, toujours enneigé
Il y aura le chalamondre
L'ivunini, le baroïque
Et tout un planté d'analognes
Les heures seront différentes
Pas pareilles, sans résultat
Inutile de fixer maintenant
Le détail précis de tout ça
Une certitude subsiste :
Un jour
Il y aura autre chose que le jour.

Boris VIAN

Les Djinns

Murs, ville,
Et port,
Asile
De mort,
Mer grise
Où brise
La brise,
Tout dort.

Dans la plaine
Naît un bruit.
C'est l'haleine
De la nuit.
Elle brame
Comme une âme
Qu'une flamme
Toujours suit !

La voix plus haute
Semble un grelot.
D'un nain qui saute
C'est le galop.
Il fuit, s'élance,
Puis en cadence

Sur un pied danse
Au bout d'un flot.

La rumeur approche.
L'écho la redit.
C'est comme la cloche
D'un couvent maudit ;
Comme un bruit de foule,
Qui tonne et qui roule,
Et tantôt s'écroule,
Et tantôt grandit.

Dieu ! la voix sépulcrale
Des Djinns !... Quel bruit ils font !
Fuyons sous la spirale
De l'escalier profond.
Déjà s'éteint ma lampe,
Et l'ombre de la rampe
Qui le long du mur rampe,
Monte jusqu'au plafond.

C'est l'essaim des Djinns qui passe,
Et tourbillonne en sifflant !
Les ifs, que leur vol fracasse,
Craquent comme un pin brûlant.

Leur troupeau, lourd et rapide,
Volant dans l'espace vide,
Semble un nuage livide
Qui porte un éclair au flanc.

Ils sont tout près ! — Tenons fermée
Cette salle, où nous les narguons.
Quel bruit dehors ! Hideuse armée
De vampires et de dragons !
La poutre du toit descellée
Ploie ainsi qu'une herbe mouillée,
Et la vieille porte rouillée
Tremble, à déraciner ses gonds !

Cris de l'enfer ! voix qui hurle et qui pleure !
L'horrible essaim, poussé par l'aquilon,
Sans doute, ô ciel ! s'abat sur ma demeure.
Le mur fléchit sous le noir bataillon.
La maison crie et chancelle penchée,
Et l'on dirait que, du sol arrachée,
Ainsi qu'il chasse une feuille séchée,
Le vent la roule avec leur tourbillon !

Prophète ! si ta main me sauve
De ces impurs démons des soirs,
J'irai prosterner mon front chauve
Devant tes sacrés encensoirs !
Fais que sur ces portes fidèles
Meure leur souffle d'étincelles,
Et qu'en vain l'ongle de leurs ailes
Grince et crie à ces vitraux noirs !

Ils sont passés ! — Leur cohorte
S'envole, et fuit, et leurs pieds
Cessent de battre ma porte
De leurs coups multipliés.
L'air est plein d'un bruit de chaînes,
Et dans les forêts prochaines
Frissonnent tous les grands chênes,
Sous leur vol de feu pliés !

De leurs ailes lointaines
Le battement décroît,
Si confus dans les plaines,
Si faible, que l'on croit
Ouïr la sauterelle
Crier d'une voix grêle,
Ou pétiller la grêle
Sur le plomb d'un vieux toit.

D'étranges syllabes
Nous viennent encor ;
Ainsi, des Arabes
Quand sonne le cor,
Un chant sur la grève
Par instant s'élève,
Et l'enfant qui rêve
Fait des rêves d'or.

Les Djinns funèbres,
Fils du trépas,
Dans les ténèbres
Pressent leurs pas ;
Leur essaim gronde :
Ainsi, profonde,
Murmure une onde
Qu'on ne voit pas.

Ce bruit vague
Qui s'endort,
C'est la vague

Sur le bord ;
C'est la plainte,
Presque éteinte,
D'une sainte
Pour un mort.

On doute
La nuit...
J'écoute :
Tout fuit,
Tout passe ;
L'espace
Efface
Le bruit.

Victor HUGO

Et puis voici
mon cœur
qui ne bat
que pour vous...

(Paul Verlaine)

Green

Voici des fruits, des fleurs, des feuilles et des branches,
Et puis voici mon cœur, qui ne bat que pour vous.
Ne le déchirez pas avec vos deux mains blanches
Et qu'à vos yeux si beaux l'humble présent soit doux.

J'arrive tout couvert encore de rosée
Que le vent du matin vient glacer à mon front.
Souffrez que ma fatigue, à vos pieds reposée,
Rêve des chers instants qui la délasseront.

Sur votre jeune sein laissez rouler ma tête
Toute sonore encor de vos derniers baisers ;
Laissez-la s'apaiser de la bonne tempête,
Et que je dorme un peu puisque vous reposez.

Paul VERLAINE

Ode à Cassandre

Mignonne, allons voir si la rose
Qui ce matin avait déclose
Sa robe de pourpre au soleil,
A point perdu cette vesprée
Les plis de sa robe pourprée,
Et son teint au vôtre pareil.

Las ! voyez comme en peu d'espace,
Mignonne, elle a dessus la place,
Las, ses beautés laissé choir !
Ô vraiment marâtre Nature,
Puisqu'une telle fleur ne dure
Que du matin jusques au soir !

Donc, si vous me croyez, mignonne,
Tandis que votre âge fleuronne
En sa plus verte nouveauté,
Cueillez, cueillez votre jeunesse :
Comme à cette fleur, la vieillesse
Fera ternir votre beauté.

Pierre de RONSARD

Quand vous serez
bien vieille...

Quand vous serez bien vieille, au soir, à la chandelle,
Assise auprès du feu, dévidant et filant,
Direz, chantant mes vers, en vous émerveillant :
« Ronsard me célébrait du temps que j'étais belle ! »

Lors, vous n'aurez servante oyant telle nouvelle,
Déjà sous le labeur à demi sommeillant,
Qui au bruit de Ronsard ne s'aille réveillant,
Bénissant votre nom de louange immortelle.

Je serai sous la terre, et, fantôme sans os,
Par les ombres myrteux je prendrai mon repos :
Vous serez au foyer une vieille accroupie,

Regrettant mon amour et votre fier dédain.
Vivez, si m'en croyez, n'attendez à demain :
Cueillez dès aujourd'hui les roses de la vie.

Pierre de RONSARD

Chanson

Quand il est entré dans mon logis clos,
J'ourlais un drap lourd près de la fenêtre,
L'hiver dans les doigts, l'ombre sur le dos...
Sais-je depuis quand j'étais là sans être ?

Et je cousais, je cousais, je cousais...
— Mon cœur, qu'est-ce que tu faisais ?

Il m'a demandé des outils à nous.
Mes pieds ont couru, si vifs, dans la salle,
Qu'ils semblaient — si gais, si légers, si doux —
Deux petits oiseaux caressant la dalle.

De-ci, de-là, j'allais, j'allais, j'allais...
— Mon cœur, qu'est-ce que tu voulais ?

Il m'a demandé du beurre, du pain,
— Ma main en l'ouvrant caressait la huche —
Du cidre nouveau, j'allais et ma main
Caressait les bols, la table, la cruche.

Deux fois, dix fois, vingt fois je les touchais...
— Mon cœur, qu'est-ce que tu cherchais ?

Il m'a fait sur tout trente-six pourquoi,
J'ai parlé de tout, des poules, des chèvres,
Du froid et du chaud, des gens, et ma voix
En sortant de moi caressait mes lèvres...

Et je causais, je causais, je causais...
— Mon cœur, qu'est-ce que tu disais ?

Quand il est parti, pour finir l'ourlet
Que j'avais laissé, je me suis assise...
L'aiguille chantait, l'aiguille volait,
Mes doigts caressaient notre toile bise...

Et je cousais, je cousais, je cousais...
— Mon cœur, qu'est-ce que tu faisais ?

Marie NOËL

L'invitation au voyage

Mon enfant, ma sœur,
Songe à la douceur
D'aller là-bas vivre ensemble !
Aimer à loisir,
Aimer et mourir
Au pays qui te ressemble !
Les soleils mouillés
De ces ciels brouillés
Pour mon esprit ont les charmes
Si mystérieux
De tes traîtres yeux
Brillant à travers leurs larmes.

Là, tout n'est qu'ordre et beauté,
Luxe, calme et volupté.

Des meubles luisants,
Polis par les ans,
Décoreraient notre chambre ;
Les plus rares fleurs
Mêlant leurs odeurs
Aux vagues senteurs de l'ambre,
Les riches plafonds,
Les miroirs profonds,
La splendeur orientale,
Tout y parlerait
À l'âme en secret
Sa langue natale.

Là, tout n'est qu'ordre et beauté,
Luxe, calme et volupté.

Vois sur ces canaux
Dormir ces vaisseaux
Dont l'humeur est vagabonde ;
C'est pour assouvir
Ton moindre désir
Qu'ils viennent du bout du monde.
— Les soleils couchants
Revêtent les champs,
Les canaux, la ville entière,
D'hyacinthe et d'or ;
Le monde s'endort
Dans une chaude lumière.

Là, tout n'est qu'ordre et beauté,
Luxe, calme et volupté.

Charles BAUDELAIRE

Les deux pigeons

Deux pigeons s'aimaient d'amour tendre :
L'un d'eux, s'ennuyant au logis,
Fut assez fou pour entreprendre
Un voyage en lointain pays.
L'autre lui dit : « Qu'allez-vous faire ?
Voulez-vous quitter votre frère ?
L'absence est le plus grand des maux :
Non pas pour vous, cruel ! Au moins, que les travaux,
Les dangers, les soins du voyage,
Changent un peu votre courage.
Encor, si la saison s'avançait davantage !
Attendez les zéphyrs : qui vous presse ? un corbeau
Tout à l'heure annonçait malheur à quelque oiseau.
Je ne songerai plus que rencontre funeste,
Que faucons, que réseaux. "Hélas, dirai-je, il pleut :
Mon frère a-t-il tout ce qu'il veut,
Bon souper, bon gîte, et le reste ?" »
Ce discours ébranla le cœur
De notre imprudent voyageur ;
Mais le désir de voir et l'humeur inquiète
L'emportèrent enfin. Il dit : « Ne pleurez point ;
Trois jours au plus rendront mon âme satisfaite ;
Je reviendrai dans peu conter de point en point
Mes aventures à mon frère ;

Je le désennuierai. Quiconque ne voit guère
N'a guère à dire aussi. Mon voyage dépeint
  Vous sera d'un plaisir extrême.
Je dirai : "J'étais là ; telle chose m'advint";
  Vous y croirez être vous-même. »
À ces mots, en pleurant, ils se dirent adieu.
Le voyageur s'éloigne ; et voilà qu'un nuage
L'oblige de chercher retraite en quelque lieu.
Un seul arbre s'offrit, tel encor que l'orage
Maltraita le pigeon en dépit du feuillage.
L'air devenu serein, il part tout morfondu,
Sèche du mieux qu'il peut son corps chargé de pluie.
Dans un champ à l'écart voit du blé répandu,
Voit un pigeon auprès : cela lui donne envie ;
Il y vole, il est pris : ce blé couvrait d'un lacs
  Les menteurs et traîtres appas.
Le lacs était usé : si bien que, de son aile,
De ses pieds, de son bec, l'oiseau le rompt enfin :
Quelque plume y périt ; et le pis du destin
Fut qu'un certain vautour, à la serre cruelle,
Vit notre malheureux, qui, traînant la ficelle
Et les morceaux du lacs qui l'avait attrapé,
  Semblait un forçat échappé.
Le vautour s'en allait le lier, quand des nues
Fond à son tour un aigle aux ailes étendues.
Le pigeon profita du conflit des voleurs,

S'envola, s'abattit auprès d'une masure,
　　Crut, pour ce coup, que ses malheurs
　　Finiraient par cette aventure ;
Mais un fripon d'enfant (cet âge est sans pitié)
Prit sa fronde et, du coup, tua plus qu'à moitié
　　La volatile malheureuse,
Qui, maudissant sa curiosité,
　　Traînant l'aile et tirant le pied,
　　Demi-morte et demi-boiteuse,
　　Droit au logis s'en retourna :
　　Que bien, que mal, elle arriva
　　Sans autre aventure fâcheuse.
Voilà nos gens rejoints ; et je laisse à juger
De combien de plaisirs ils payèrent leurs peines.

Amants, heureux amants, voulez-vous voyager ?
　　Que ce soit aux rives prochaines.
Soyez-vous l'un à l'autre un monde toujours beau,
　　Toujours divers, toujours nouveau ;
Tenez-vous lieu de tout, comptez pour rien le reste,
J'ai quelquefois aimé : je n'aurais pas alors
　　Contre le Louvre et ses trésors,
Contre le firmament et sa voûte céleste,
　　Changé les bois, changé les lieux
Honorés par les pas, éclairés par les yeux
　　De l'aimable et jeune bergère
　　Pour qui, sous le fils de Cythère,
Je servis, engagé par mes premiers serments.

Hélas ! quand reviendront de semblables moments ?
Faut-il que tant d'objets si doux et si charmants
Me laissent vivre au gré de mon âme inquiète ?
Ah ! si mon cœur osait encor se renflammer !
Ne sentirais-je plus de charme qui m'arrête ?
   Ai-je passé le temps d'aimer ?

Jean de LA FONTAINE

Apparition

La lune s'attristait. Des séraphins en pleurs
Rêvant, l'archet aux doigts, dans le calme des fleurs
Vaporeuses, tiraient de mourantes violes
De blancs sanglots glissant sur l'azur des corolles.
— C'était le jour béni de ton premier baiser.
Ma songerie aimant à se martyriser
S'enivrait savamment du parfum de tristesse
Que même sans regret et sans déboire laisse
La cueillaison d'un Rêve au cœur qui l'a cueilli.
J'errais donc, l'œil rivé sur le pavé vieilli
Quand avec du soleil aux cheveux, dans la rue
Et dans le soir, tu m'es en riant apparue
Et j'ai cru voir la fée au chapeau de clarté
Qui jadis sur mes beaux sommeils d'enfant gâté
Passait, laissant toujours de ses mains mal fermées
Neiger de blancs bouquets d'étoiles parfumées.

Stéphane MALLARMÉ

L'amoureuse

Elle est debout sur mes paupières
Et ses cheveux sont dans les miens,
Elle a la forme de mes mains,
Elle a la couleur de mes yeux,
Elle s'engloutit dans mon ombre
Comme une pierre sur le ciel.

Elle a toujours les yeux ouverts
Et ne me laisse pas dormir.
Ses rêves en pleine lumière
Font s'évaporer les soleils,
Me font rire, pleurer et rire,
Parler sans avoir rien à dire.

Paul ÉLUARD

Roman

I

On n'est pas sérieux, quand on a dix-sept ans.
— Un beau soir, foin des bocks et de la limonade,
Des cafés tapageurs aux lustres éclatants !
— On va sous les tilleuls verts de la promenade.

Les tilleuls sentent bon dans les bons soirs de juin !
L'air est parfois si doux, qu'on ferme la paupière ;
Le vent chargé de bruits, — la ville n'est pas loin, —
A des parfums de vigne et des parfums de bière...

II

— Voilà qu'on aperçoit un tout petit chiffon
D'azur sombre, encadré d'une petite branche,
Piqué d'une mauvaise étoile, qui se fond
Avec de doux frissons, petite et toute blanche...

Nuit de juin ! Dix-sept ans !... On se laisse griser.
La sève est du champagne et vous monte à la tête...
On divague ; on se sent aux lèvres un baiser
Qui palpite là, comme une petite bête...

III

Le cœur fou Robinsonne à travers les romans,
— Lorsque, dans la clarté d'un pâle réverbère,
Passe une demoiselle aux petits airs charmants,
Sous l'ombre du faux-col effrayant de son père...

Et, comme elle vous trouve immensément naïf,
Tout en faisant trotter ses petites bottines,
Elle se tourne, alerte et d'un mouvement vif...
— Sur vos lèvres alors meurent les cavatines...

IV

Vous êtes amoureux. Loué jusqu'au mois d'août,
Vous êtes amoureux. — Vos sonnets la font rire.
Tous vos amis s'en vont, vous êtes mauvais goût.
— Puis l'adorée, un soir, a daigné vous écrire !...

Ce soir-là... — vous rentrez aux cafés éclatants,
Vous demandez des bocks ou de la limonade...
— On n'est pas sérieux, quand on a dix-sept ans
Et qu'on a des tilleuls verts sur la promenade.

Arthur RIMBAUD

Mon rêve familier

Je fais souvent ce rêve étrange et pénétrant
D'une femme inconnue, et que j'aime, et qui m'aime,
Et qui n'est, chaque fois, ni tout à fait la même
Ni tout à fait une autre, et m'aime et me comprend.

Car elle me comprend, et mon cœur transparent
Pour elle seule, hélas ! cesse d'être un problème
Pour elle seule, et les moiteurs de mon front blême,
Elle seule les sait rafraîchir, en pleurant.

Est-elle brune, blonde ou rousse ? — Je l'ignore.
Son nom ? Je me souviens qu'il est doux et sonore
Comme ceux des aimés que la Vie exila.

Son regard est pareil au regard des statues,
Et, pour sa voix, lointaine, et calme, et grave, elle a
L'inflexion des voix chères qui se sont tues.

Paul VERLAINE

Je vous envoie
un bouquet...

Je vous envoie un bouquet que ma main
Vient de trier de ces fleurs épanies ;
Qui ne les eût à ce vêpre cueillies,
Chutes à terre elles fussent demain.

Cela vous soit un exemple certain
Que vos beautés, bien qu'elles soient fleuries,
En peu de temps cherront toutes flétries,
Et comme fleurs, périront tout soudain.

Le temps s'en va, le temps s'en va, ma dame ;
Las ! le temps, non, mais nous nous en allons,
Et tôt serons étendus sous la lame ;

Et des amours desquelles nous parlons,
Quand serons morts, n'en sera plus nouvelle.
Pour c'aimez-moi cependant qu'êtes belle.

Pierre de RONSARD

Le lac

Ainsi, toujours poussés vers de nouveaux rivages,
Dans la nuit éternelle emportés sans retour,
Ne pourrons-nous jamais sur l'océan des âges
    Jeter l'ancre un seul jour ?

Ô lac ! l'année à peine a fini sa carrière,
Et près des flots chéris qu'elle devait revoir,
Regarde ! je viens seul m'asseoir sur cette pierre
    Où tu la vis s'asseoir !

Tu mugissais ainsi sous ces roches profondes,
Ainsi tu te brisais sur leurs flancs déchirés,
Ainsi le vent jetait l'écume de tes ondes
    Sur ses pieds adorés.

Un soir, t'en souvient-il ? nous voguions en silence ;
On n'entendait au loin, sur l'onde et sous les cieux,
Que le bruit des rameurs qui frappaient en cadence
    Tes flots harmonieux.

Tout à coup des accents inconnus à la terre
Du rivage charmé frappèrent les échos :
Le flot fut attentif, et la voix qui m'est chère
    Laissa tomber ces mots :

« Ô temps ! suspends ton vol, et vous, heures propices !
    Suspendez votre cours ;
Laissez-nous savourer les rapides délices
    Des plus beaux de nos jours !

« Assez de malheureux ici-bas vous implorent,
    Coulez, coulez pour eux ;
Prenez avec leurs jours les soins qui les dévorent,
    Oubliez les heureux.

« Mais je demande en vain quelques moments encore,
    Le temps m'échappe et fuit ;
Je dis à cette nuit : Sois plus lente ; et l'aurore
    Va dissiper la nuit.

« Aimons donc, aimons donc ! de l'heure fugitive,
    Hâtons-nous, jouissons !
L'homme n'a point de port, le temps n'a point de rive ;
    Il coule, et nous passons ! »

Temps jaloux, se peut-il que ces moments d'ivresse,
Où l'amour à longs flots nous verse le bonheur,
S'envolent loin de nous de la même vitesse
    Que les jours de malheur ?

Eh quoi ! n'en pourrons-nous fixer au moins la trace ?
Quoi ! passés pour jamais ! quoi ! tout entiers perdus !
Ce temps qui les donna, ce temps qui les efface,
    Ne nous les rendra plus !

Éternité, néant, passé, sombres abîmes,
Que faites-vous des jours que vous engloutissez ?
Parlez : nous rendrez-vous ces extases sublimes
    Que vous nous ravissez ?

Ô lac ! rochers muets ! grottes ! forêt obscure !
Vous, que le temps épargne ou qu'il peut rajeunir,
Gardez de cette nuit, gardez, belle nature,
    Au moins le souvenir !

Qu'il soit dans ton repos, qu'il soit dans tes orages,
Beau lac, et dans l'aspect de tes riants coteaux,
Et dans ces noirs sapins, et dans ces rocs sauvages
    Qui pendent sur tes eaux.

Qu'il soit dans le zéphyr qui frémit et qui passe,
Dans les bruits de tes bords par tes bords répétés,
Dans l'astre au front d'argent qui blanchit ta surface
    De ses molles clartés.

Que le vent qui gémit, le roseau qui soupire,
Que les parfums légers de ton air embaumé,
Que tout ce qu'on entend, l'on voit ou l'on respire,
    Tout dise : ils ont aimé !

Alphonse de LAMARTINE

En Arles

Dans Arle, où sont les Aliscams,
Quand l'ombre est rouge, sous les roses,
    Et clair le temps,

Prends garde à la douceur des choses,
Lorsque tu sens battre sans cause
    Ton cœur trop lourd,

Et que se taisent les colombes :
Parle tout bas, si c'est d'amour,
    Au bord des tombes.

Paul-Jean TOULET

Le pont Mirabeau

Sous le pont Mirabeau coule la Seine
    Et nos amours
   Faut-il qu'il m'en souvienne
La joie venait toujours après la peine

    Vienne la nuit sonne l'heure
    Les jours s'en vont je demeure

Les mains dans les mains restons face à face
    Tandis que sous
   Le pont de nos bras passe
Des éternels regards l'onde si lasse

    Vienne la nuit sonne l'heure
    Les jours s'en vont je demeure

L'amour s'en va comme cette eau courante
    L'amour s'en va
   Comme la vie est lente
Et comme l'Espérance est violente

    Vienne la nuit sonne l'heure
    Les jours s'en vont je demeure

Passent les jours et passent les semaines
     Ni temps passé
   Ni les amours reviennent
Sous le pont Mirabeau coule la Seine

   Vienne la nuit sonne l'heure
   Les jours s'en vont je demeure

Guillaume APOLLINAIRE

Le martinet

Martinet aux ailes trop larges, qui vire et crie sa joie autour de la maison. Tel est le cœur.

Il dessèche le tonnerre. Il sème dans le ciel serein. S'il touche au sol, il se déchire.

Sa repartie est l'hirondelle. Il déteste la familière. Que vaut dentelle de la tour ?

Sa pause est au creux le plus sombre. Nul n'est plus à l'étroit que lui.

L'été de la longue clarté, il filera dans les ténèbres, par les persiennes de minuit.

Il n'est pas d'yeux pour le tenir. Il crie, c'est toute sa présence. Un mince fusil va l'abattre. Tel est le cœur.

René CHAR

La Maison du Berger

(extraits)

À Eva

Si ton cœur, gémissant du poids de notre vie,
Se traîne et se débat comme un aigle blessé,
Portant comme le mien, sur son aile asservie,
Tout un monde fatal, écrasant et glacé ;
S'il ne bat qu'en saignant par sa plaie immortelle,
S'il ne voit plus l'amour, son étoile fidèle,
Éclairer pour lui seul l'horizon effacé ;

Si ton âme enchaînée, ainsi que l'est mon âme,
Lasse de son boulet et de son pain amer,
Sur sa galère en deuil laisse tomber la rame,
Penche sa tête pâle et pleure sur la mer,
Et cherchant dans les flots une route inconnue,
Y voit, en frissonnant, sur son épaule nue,
La lettre sociale écrite avec le fer ;

Si ton corps frémissant des passions secrètes,
S'indigne des regards, timide et palpitant ;
S'il cherche à sa beauté de profondes retraites
Pour la mieux dérober au profane insultant ;
Si ta lèvre se sèche au poison des mensonges,
Si ton beau front rougit de passer dans les songes
D'un impur inconnu qui te voit et t'entend,

Pars courageusement, laisse toutes les villes ;
Ne ternis plus tes pieds aux poudres du chemin ;
Du haut de nos pensers vois les cités serviles
Comme les rocs fatals de l'esclavage humain.
Les grands bois et les champs sont de vastes asiles,
Libres comme la mer autour des sombres îles.
Marche à travers les champs une fleur à la main.

La Nature t'attend dans un silence austère :
L'herbe élève à tes pieds son nuage des soirs,
Et le soupir d'adieu du soleil à la terre
Balance les beaux lis comme des encensoirs.
La forêt a voilé ses colonnes profondes,
La montagne se cache, et sur les pâles ondes
Le saule a suspendu ses chastes reposoirs.

Le crépuscule ami s'endort dans la vallée,
Sur l'herbe d'émeraude et sur l'or du gazon,
Sous les timides joncs de la source isolée
Et sous le bois rêveur qui tremble à l'horizon,
Se balance en fuyant dans les grappes sauvages,
Jette son manteau gris sur le bord des rivages,
Et des fleurs de la nuit entr'ouvre la prison.

Il est sur ma montagne une épaisse bruyère
Où les pas du chasseur ont peine à se plonger,
Qui plus haut que nos fronts lève sa tête altière,
Et garde dans la nuit le pâtre et l'étranger.
Viens y cacher l'amour et ta divine faute ;

Si l'herbe est agitée ou n'est pas assez haute,
J'y roulerai pour toi la Maison du Berger.

Elle va doucement avec ses quatre roues,
Son toit n'est pas plus haut que ton front et tes yeux ;
La couleur du corail et celle de tes joues
Teignent le char nocturne et ses muets essieux.
Le seuil est parfumé, l'alcôve est large et sombre,
Et, là, parmi les fleurs, nous trouverons dans l'ombre,
Pour nos cheveux unis un lit silencieux.

Je verrai, si tu veux, les pays de la neige,
Ceux où l'astre amoureux dévore et resplendit,
Ceux que heurtent les vents, ceux que la mer assiège,
Ceux où le pôle obscur sous sa glace est maudit.
Nous suivrons du hasard la course vagabonde.
Que m'importe le jour ? que m'importe le monde ?
Je dirai qu'ils sont beaux quand tes yeux l'auront dit.
...

II

Poésie ! ô trésor ! perle de la pensée !
Les tumultes du cœur, comme ceux de la mer,
Ne sauraient empêcher ta robe nuancée
D'amasser les couleurs qui doivent te former.
Mais, sitôt qu'il te voit briller sur un front mâle,
Troublé de ta lueur mystérieuse et pâle,
Le vulgaire effrayé commence à blasphémer.

Le pur enthousiasme est craint des faibles âmes
Qui ne sauraient porter son ardeur et son poids.
Pourquoi le fuir ? — La vie est double dans les flammes.
D'autres flambeaux divins nous brûlent quelquefois :
C'est le Soleil du ciel, c'est l'Amour, c'est la Vie ;
Mais qui de les éteindre a jamais eu l'envie ?
Tout en les maudissant, on les chérit tous trois.
...

Diamant sans rival que tes feux illuminent
Les pas lents et tardifs de l'humaine Raison !
Il faut, pour voir de loin les peuples qui cheminent,
Que le Berger l'enchâsse au toit de sa Maison.
Le jour n'est pas levé. — Nous en sommes encore
Au premier rayon blanc qui précède l'aurore
Et dessine la terre aux bords de l'horizon.

Les peuples tout enfants à peine se découvrent
Par-dessus les buissons nés pendant leur sommeil,
Et leur main, à travers les ronces qu'ils entr'ouvrent,
Met aux coups mutuels le premier appareil.
La barbarie encor tient nos pieds dans sa gaine.
Le marbre des vieux temps jusqu'aux reins nous
                                        [enchaîne,
Et tout homme énergique au dieu Terme est pareil.

Mais notre esprit rapide en mouvements abonde :
Ouvrons tout l'arsenal de ses puissants ressorts.
L'invisible est réel. Les âmes ont leur monde
Où sont accumulés d'impalpables trésors.
Le Seigneur contient tout dans ses deux bras immenses,
Son Verbe est le séjour de nos intelligences,
Comme ici-bas l'espace est celui de nos corps.

III

Eva, qui donc es-tu ? Sais-tu bien ta nature ?
Sais-tu quel est ici ton but et ton devoir ?
Sais-tu que, pour punir l'homme, sa créature,
D'avoir porté la main sur l'arbre du savoir,
Dieu permit qu'avant tout, de l'amour de soi-même
En tout temps, à tout âge, il fit son bien suprême,
Tourmenté de s'aimer, tourmenté de se voir ?

Mais si Dieu près de lui t'a voulu mettre, ô femme !
Compagne délicate ! Eva ! sais-tu pourquoi ?
C'est pour qu'il se regarde au miroir d'une autre âme,
Qu'il entende ce chant qui ne vient que de toi :
— L'enthousiasme pur dans une voix suave.
C'est afin que tu sois son juge et son esclave
Et règnes sur sa vie en vivant sous sa loi.

Ta parole joyeuse a des mots despotiques ;
Tes yeux sont si puissants, ton aspect est si fort,
Que les rois d'Orient ont dit dans leurs cantiques
Ton regard redoutable à l'égal de la mort ;
Chacun cherche à fléchir tes jugements rapides...
— Mais ton cœur qui dément tes formes intrépides,
Cède sans coup férir aux rudesses du sort.
...

Viens donc ! le ciel pour moi n'est plus qu'une auréole
Qui t'entoure d'azur, t'éclaire et te défend ;
La montagne est ton temple et le bois sa coupole ;
L'oiseau n'est sur la fleur balancé par le vent,
Et la fleur ne parfume et l'oiseau ne soupire
Que pour mieux enchanter l'air que ton sein respire ;
La terre est le tapis de tes beaux pieds d'enfant.

Eva, j'aimerai tout dans les choses créées,
Je les contemplerai dans ton regard rêveur
Qui partout répandra ses flammes colorées,
Son repos gracieux, sa magique saveur :
Sur mon cœur déchiré viens poser ta main pure,
Ne me laisse jamais seul avec la Nature,
Car je la connais trop pour n'en pas avoir peur.

Elle me dit : « Je suis l'impassible théâtre
Que ne peut remuer le pied de ses acteurs ;
Mes marches d'émeraude et mes parvis d'albâtre,

Mes colonnes de marbre ont les dieux pour sculpteurs.
Je n'entends ni vos cris ni vos soupirs ; à peine
Je sens passer sur moi la comédie humaine
Qui cherche en vain au ciel ses muets spectateurs.

Je roule avec dédain, sans voir et sans entendre,
À côté des fourmis les populations ;
Je ne distingue pas leur terrier de leur cendre,
J'ignore en les portant les noms des nations.
On me dit une mère, et je suis une tombe,
Mon hiver prend vos morts comme son hécatombe,
Mon printemps ne sent pas vos adorations.

Avant vous, j'étais belle et toujours parfumée,
J'abandonnais au vent mes cheveux tout entiers,
Je suivais dans les cieux ma route accoutumée
Sur l'axe harmonieux des divins balanciers.
Après vous, traversant l'espace où tout s'élance,
J'irai seule et sereine, en un chaste silence
Je fendrai l'air du front et de mes seins altiers. »

C'est là ce que me dit sa voix triste et superbe,
Et dans mon cœur alors je la hais, et je vois
Notre sang dans son onde et nos morts sous son herbe
Nourrissant de leurs sucs la racine des bois.
Et je dis à mes yeux qui lui trouvaient des charmes :
« Ailleurs tous vos regards, ailleurs toutes vos larmes,
Aimez ce que jamais on ne verra deux fois. »

Oh ! qui verra deux fois ta grâce et ta tendresse,
Ange doux et plaintif qui parle en soupirant ?
Qui naîtra comme toi portant une caresse
Dans chaque éclair tombé de ton regard mourant,
Dans les balancements de ta tête penchée,
Dans ta taille dolente et mollement couchée
Et dans ton pur sourire amoureux et souffrant ?

Vivez, froide Nature, et revivez sans cesse
Sous nos pieds, sur nos fronts, puisque c'est votre loi ;
Vivez et dédaignez, si vous êtes déesse,
L'homme, humble passager, qui dut vous être un roi ;
Plus que tout votre règne et que ses splendeurs vaines,
J'aime la majesté des souffrances humaines ;
Vous ne recevrez pas un cri d'amour de moi.

Mais toi, ne veux-tu pas, voyageuse indolente,
Rêver sur mon épaule, en y posant ton front ?
Viens du paisible seuil de la maison roulante
Voir ceux qui sont passés et ceux qui passeront.
Tous les tableaux humains qu'un Esprit pur m'apporte
S'animeront pour toi quand devant notre porte
Les grands pays muets longuement s'étendront.

Nous marcherons ainsi, ne laissant que notre ombre
Sur cette terre ingrate où les morts ont passé ;
Nous nous parlerons d'eux à l'heure où tout est sombre,

Où tu te plais à suivre un chemin effacé,
À rêver, appuyée aux branches incertaines,
Pleurant comme Diane au bord de ses fontaines,
Ton amour taciturne et toujours menacé.

Alfred de VIGNY

Je n'ai pas
oublié...

(Charles Baudelaire)

Je n'ai pas oublié...

Je n'ai pas oublié, voisine de la ville,
Notre blanche maison, petite mais tranquille ;
Sa Pomone de plâtre et sa vieille Vénus
Dans un bosquet chétif cachant leurs membres nus,
Et le soleil, le soir, ruisselant et superbe,
Qui, derrière la vitre où se brisait sa gerbe,
Semblait, grand œil ouvert dans le ciel curieux,
Contempler nos dîners longs et silencieux,
Répandant largement ses beaux reflets de cierge
Sur la nappe frugale et les rideaux de serge.

Charles BAUDELAIRE

Chanson d'automne

Les sanglots longs
Des violons
   De l'automne
Blessent mon cœur
D'une langueur
   Monotone.

Tout suffocant
Et blême, quand
   Sonne l'heure,
Je me souviens
Des jours anciens
   Et je pleure ;

Et je m'en vais
Au vent mauvais
   Qui m'emporte
Deçà, delà,
Pareil à la
   Feuille morte.

Paul VERLAINE

Automne

Odeur des pluies de mon enfance
Derniers soleils de la saison !
À sept ans comme il faisait bon
Après d'ennuyeuses vacances,
Se retrouver dans sa maison !

La vieille classe de mon père,
Pleine de guêpes écrasées,
Sentait l'encre, le bois, la craie
Et ces merveilleuses poussières
Amassées par tout un été.

Ô temps charmant des brumes douces,
Des gibiers, des longs vols d'oiseaux,
Le vent souffle sous le préau,
Mais je tiens entre paume et pouce
Une rouge pomme à couteau.

René Guy CADOU

Demain, dès l'aube...

Demain, dès l'aube, à l'heure où blanchit la campagne,
Je partirai. Vois-tu, je sais que tu m'attends.
J'irai par la forêt, j'irai par la montagne,
Je ne puis demeurer loin de toi plus longtemps.

Je marcherai les yeux fixés sur mes pensées,
Sans rien voir au dehors, sans entendre aucun bruit,
Seul, inconnu, le dos courbé, les mains croisées,
Triste, et le jour pour moi sera comme la nuit.

Je ne regarderai ni l'or du soir qui tombe,
Ni les voiles au loin descendant vers Harfleur,
Et quand j'arriverai, je mettrai sur ta tombe
Un bouquet de houx vert et de bruyère en fleur.

Victor HUGO

L'adieu

J'ai cueilli ce brin de bruyère
L'automne est morte souviens-t'en
Nous ne nous verrons plus sur terre
Odeur du temps brin de bruyère
Et souviens-toi que je t'attends

Guillaume APOLLINAIRE

Fantaisie

Il est un air pour qui je donnerais
Tout Rossini, tout Mozart et tout Weber*,
Un air très vieux, languissant et funèbre,
Qui pour moi seul a des charmes secrets !

Or, chaque fois que je viens à l'entendre,
De deux cents ans mon âme rajeunit...
C'est sous Louis treize ; et je crois voir s'étendre
Un coteau vert, que le couchant jaunit.

Puis un château de brique à coins de pierre,
Aux vitraux teints de rougeâtres couleurs,
Ceint de grands parcs, avec une rivière
Baignant ses pieds, qui coule entre des fleurs ;

Puis une dame, à sa haute fenêtre,
Blonde aux yeux noirs, en ses habits anciens,
Que, dans une autre existence peut-être,
J'ai déjà vue... et dont je me souviens !

Gérard de NERVAL

* *On prononce* Wèbre (*note de l'auteur*).

La vie antérieure

J'ai longtemps habité sous de vastes portiques
Que les soleils marins teignaient de mille feux,
Et que leurs grands piliers, droits et majestueux,
Rendaient pareils, le soir, aux grottes basaltiques.

Les houles, en roulant les images des cieux,
Mêlaient d'une façon solennelle et mystique
Les tout-puissants accords de leur riche musique
Aux couleurs du couchant reflété par mes yeux.

C'est là que j'ai vécu dans les voluptés calmes,
Au milieu de l'azur, des vagues, des splendeurs
Et des esclaves nus, tout imprégnés d'odeurs,

Qui me rafraîchissaient le front avec des palmes,
Et dont l'unique soin était d'approfondir
Le secret douloureux qui me faisait languir.

Charles BAUDELAIRE

Harmonie du soir

Voici venir les temps où vibrant sur sa tige
Chaque fleur s'évapore ainsi qu'un encensoir ;
Les sons et les parfums tournent dans l'air du soir ;
Valse mélancolique et langoureux vertige !

Chaque fleur s'évapore ainsi qu'un encensoir ;
Le violon frémit comme un cœur qu'on afflige ;
Valse mélancolique et langoureux vertige !
Le ciel est triste et beau comme un grand reposoir.

Le violon frémit comme un cœur qu'on afflige,
Un cœur tendre qui hait le néant vaste et noir !
Le ciel est triste et beau comme un grand reposoir ;
Le soleil s'est noyé dans son sang qui se fige.

Un cœur tendre qui hait le néant vaste et noir,
Du passé lumineux recueille tout vestige !
Le soleil s'est noyé dans son sang qui se fige...
Ton souvenir en moi luit comme un ostensoir !

Charles BAUDELAIRE

El Desdichado

Je suis le Ténébreux, — le Veuf, — l'Inconsolé,
Le Prince d'Aquitaine à la Tour abolie :
Ma seule *Étoile* est morte, — et mon luth constellé
Porte le *Soleil noir* de la *Mélancolie.*

Dans la nuit du Tombeau, Toi qui m'as consolé,
Rends-moi le Pausilippe et la mer d'Italie,
La *fleur* qui plaisait tant à mon cœur désolé,
Et la treille où le Pampre à la Rose s'allie.

Suis-je Amour ou Phœbus ?... Lusignan ou Biron ?
Mon front est rouge encor du baiser de la Reine ;
J'ai rêvé dans la Grotte où nage la Syrène...

Et j'ai deux fois vainqueur traversé l'Achéron :
Modulant tour à tour sur la lyre d'Orphée
Les soupirs de la Sainte et les cris de la Fée.

Gérard de NERVAL

J'ai aimé un cheval...

J'ai aimé un cheval — qui était-ce ? — il m'a bien regardé bien regardé de face, sous ses mèches.

Les trous vivants de ses narines étaient deux choses belles à voir — avec ce trou vivant qui gonfle au-dessus de chaque œil.

Quand il avait couru, il suait : c'est briller ! — et j'ai pressé des lunes à ses flancs sous mes genoux d'enfant...

J'ai aimé un cheval — qui était-ce ? — et parfois (car une bête sait mieux quelles forces nous hantent)

il levait à ses dieux une tête d'airain : soufflante, sillonnée d'un pétiole de veines.

SAINT-JOHN PERSE

L'espoir luit comme
un brin de paille...

L'espoir luit comme un brin de paille dans l'étable.
Que crains-tu de la guêpe ivre de son vol fou ?
Vois, le soleil toujours poudroie à quelque trou.
Que ne t'endormais-tu, le coude sur la table ?

Pauvre âme pâle, au moins cette eau du puits glacé,
Bois-la. Puis dors après. Allons, tu vois, je reste,
Et je dorloterai les rêves de ta sieste,
Et tu chantonneras comme un enfant bercé.

Midi sonne. De grâce, éloignez-vous, madame.
Il dort. C'est étonnant comme les pas de femme
Résonnent au cerveau des pauvres malheureux.

Midi sonne. J'ai fait arroser dans la chambre.
Va, dors ! L'espoir luit comme un caillou dans un creux.
Ah ! quand refleuriront les roses de septembre !

Paul VERLAINE

La peine

On vendit le chien, et la chaîne,
Et la vache, et le vieux buffet,
Mais on ne vendit pas la peine
Des paysans que l'on chassait.

Elle resta là, accroupie
Au seuil de la maison déserte,
À regarder voler les pies
Au-dessus de l'étable ouverte.

Puis, prenant peu à peu conscience
De sa force et de son pouvoir,
Elle tira d'un vieux miroir
Qui avait connu leur présence,

Le reflet des meubles anciens,
Et du balancier, et du feu,
Et de la nappe à carreaux bleus
Où riait encore un gros pain.

Et depuis, on la voit parfois,
Quand la lune est dolente et lasse,
Chercher à mettre des embrasses
Aux petits rideaux d'autrefois

Maurice CARÊME

Les enfants
de septembre

Les bois étaient tout recouverts de brumes basses,
Déserts, gonflés de pluie et tout silencieux ;
Longtemps avait soufflé ce vent du Nord où passent
Les Enfants Sauvages, fuyant vers d'autres cieux,
Par grands voiliers, le soir, et très haut dans l'espace.

J'avais senti siffler leurs ailes dans la nuit,
Lorsqu'ils avaient baissé pour chercher les ravines
Où tout le jour, peut-être, ils resteront enfouis ;
Et cet appel inconsolé de sauvagine
Triste, sur les marais que les oiseaux ont fuis.

Après avoir surpris le dégel de ma chambre,
À l'aube, je gagnai la lisière des bois ;
Par une bonne lune de brouillard et d'ambre,
Je relevai la trace, incertaine parfois,
Sur le bord d'un layon, d'un enfant de Septembre.

Les pas étaient légers et tendres, mais brouillés,
Ils se croisaient d'abord au milieu des ornières
Où dans l'ombre, tranquille, il avait essayé

De boire, pour reprendre ses jeux solitaires
Très tard, après le long crépuscule mouillé.

Et puis, ils se perdaient plus loin parmi les hêtres
Où son pied ne marquait qu'à peine sur le sol ;
Je me suis dit : il va s'en retourner peut-être
À l'aube, pour chercher ses compagnons de vol,
En tremblant de la peur qu'ils aient pu disparaître.

Il va certainement venir dans ces parages
À la demi-clarté qui monte à l'orient,
Avec les grandes bandes d'oiseaux de passage,
Et les cerfs inquiets qui cherchent dans le vent
L'heure d'abandonner le calme des gagnages.

Le jour glacial s'était levé sur les marais ;
Je restais accroupi dans l'attente illusoire
Regardant défiler la faune qui rentrait
Dans l'ombre, les chevreuils peureux qui venaient boire
Et les corbeaux criards aux cimes des forêts.

Et je me dis : Je suis un enfant de Septembre,
Moi-même, par le cœur, la fièvre et l'esprit,
Et la brûlante volupté de tous mes membres,

Et le désir que j'ai de courir dans la nuit
Sauvage, ayant quitté l'étouffement des chambres.

Il va certainement me traiter comme un frère,
Peut-être me donner un nom parmi les siens ;
Mes yeux le combleraient d'amicales lumières
S'il ne prenait pas peur, en me voyant soudain
Les bras ouverts, courir vers lui dans la clairière.

Farouche, il s'enfuira comme un oiseau blessé,
Je le suivrai jusqu'à ce qu'il demande grâce,
Jusqu'à ce qu'il s'arrête en plein ciel, épuisé,
Traqué jusqu'à la mort, vaincu, les ailes basses,
Et les yeux résignés à mourir, abaissés.

Alors, je le prendrai dans mes bras, endormi,
Je le caresserai sur la pente des ailes,
Et je ramènerai son petit corps, parmi
Les roseaux, rêvant à des choses irréelles,
Réchauffé tout le temps par mon sourire ami...

Mais les bois étaient recouverts de brumes basses
Et le vent commençait à remonter au Nord,
Abandonnant tous ceux dont les ailes sont lasses,
Tous ceux qui sont perdus et tous ceux qui sont morts,
Qui vont par d'autres voies en de mêmes espaces !

Et je me suis dit : Ce n'est pas dans ces pauvres landes
Que les Enfants de Septembre vont s'arrêter ;
Un seul qui se serait écarté de sa bande
Aurait-il, en un soir, compris l'atrocité
De ces marais déserts et privés de légende ?

Patrice de LA TOUR DU PIN

La berline arrêtée
dans la nuit

En attendant les clefs
— Il les cherche sans doute
Parmi les vêtements
De Thècle morte il y a trente ans —
Écoutez, Madame, écoutez le vieux, le sourd murmure
Nocturne de l'allée...
Si petite et si faible, deux fois enveloppée dans mon
    manteau
Je te porterai à travers les ronces et l'ortie des ruines jusqu'à
    la haute et noire porte
Du château.
C'est ainsi que l'aïeul, jadis, revint
De Vercelli avec la morte.
Quelle maison muette et méfiante et noire
Pour mon enfant !
Vous le savez déjà, Madame, c'est une triste histoire.
Ils dorment dispersés dans les pays lointains.
Depuis cent ans
Leur place les attend
Au cœur de la colline.
Avec moi leur race s'éteint.
Ô Dame de ces ruines !
Nous allons voir la belle chambre de l'enfance : là,
La profondeur surnaturelle du silence
Est la voix des portraits obscurs.
Ramassé sur ma couche, la nuit,
J'entendais comme au creux d'une armure,
Dans le bruit du dégel derrière le mur,

Battre leur cœur.

Pour mon enfant peureux quelle patrie sauvage !

La lanterne s'éteint, la lune s'est voilée,

L'effraie appelle ses filles dans le bocage.

En attendant les clefs

Dormez un peu, Madame. — Dors, mon pauvre enfant, dors

Tout pâle, la tête sur mon épaule.

Tu verras comme l'anxieuse forêt

Est belle dans les insomnies de juin, parée

De fleurs, ô mon enfant, comme la fille préférée

De la reine folle.

Enveloppez-vous dans mon manteau de voyage :

La grande neige d'automne fond sur votre visage

Et vous avez sommeil.

(Dans le rayon de la lanterne elle tourne, tourne avec le vent

Comme dans mes songes d'enfant

La vieille, — vous savez, — la vieille).

Non, Madame, je n'entends rien.

Il est fort âgé,

Sa tête est dérangée.

Je gage qu'il est allé boire.

Pour mon enfant craintive une maison si noire !

Tout au fond, tout au fond du pays lituanien.

Non, Madame, je n'entends rien.

Maison noire, noire.

Serrures rouillées,

Sarment mort,

Portes verrouillées,

Volets clos,

Feuilles sur feuilles depuis cent ans dans les allées.

Tous les serviteurs sont morts.

Moi, j'ai perdu la mémoire.
Pour l'enfant confiant une maison si noire !
Je ne me souviens plus que de l'orangerie
Du trisaïeul et du théâtre :
Les petits du hibou y mangeaient dans ma main.
La lune regardait à travers le jasmin.
C'était jadis.
J'entends un pas au fond de l'allée,
Ombre. Voici Witold avec les clefs.

Oscar Vladislas de L. MILOSZ

Delfica

La connais-tu, DAFNÉ, cette ancienne romance,
Au pied du sycomore, ou sous les lauriers blancs,
Sous l'olivier, le myrte, ou les saules tremblants,
Cette chanson d'amour... qui toujours recommence ?...

Reconnais-tu le TEMPLE au péristyle immense,
Et les citrons amers où s'imprimaient tes dents,
Et la grotte, fatale aux hôtes imprudents,
Où du dragon vaincu dort l'antique semence...

Ils reviendront, ces Dieux que tu pleures toujours !
Le temps va ramener l'ordre des anciens jours ;
La terre a tressailli d'un souffle prophétique...

Cependant la sibylle au visage latin
Est endormie encor sous l'arc de Constantin :
— Et rien n'a dérangé le sévère portique.

Gérard de NERVAL

Le bonheur

Le bonheur est dans le pré. Cours-y vite, cours-y vite. Le bonheur est dans le pré, cours-y vite. Il va filer.

Si tu veux le rattraper, cours-y vite, cours-y vite. Si tu veux le rattraper, cours-y vite. Il va filer.

Dans l'ache et le serpolet, cours-y vite, cours-y vite, dans l'ache et le serpolet, cours-y vite. Il va filer.

Sur les cornes du bélier, cours-y vite, cours-y vite, sur les cornes du bélier, cours-y vite. Il va filer.

Sur le flot du sourcelet, cours-y vite, cours-y vite, sur le flot du sourcelet, cours-y vite. Il va filer.

De pommier en cerisier, cours-y vite, cours-y vite, de pommier en cerisier, cours-y vite. Il va filer.

Saute par-dessus la haie, cours-y vite, cours-y vite, saute par-dessus la haie, cours-y vite ! Il a filé !

Paul FORT

Bonheur

Ô saisons, ô châteaux,
Quelle âme est sans défauts ?

Ô saisons, ô châteaux,

J'ai fait la magique étude
Du bonheur, que nul n'élude.

Ô vive lui, chaque fois
Que chante le coq gaulois.

Mais je n'aurai plus d'envie,
Il s'est chargé de ma vie.

Ce charme ! il prit âme et corps,
Et dispersa tous efforts.

Que comprendre à ma parole ?
Il fait qu'elle fuie et vole !

Ô saisons, ô châteaux !

Arthur RIMBAUD

La Treizième
revient...
C'est encor
la première...

(Gérard de Nerval)

Artémis

La Treizième revient... C'est encor la première ;
Et c'est toujours la Seule, — ou c'est le seul moment :
Car es-tu Reine, ô Toi ! la première ou dernière ?
Es-tu Roi, toi le Seul ou le dernier amant ?

Aimez qui vous aima du berceau dans la bière ;
Celle que j'aimai seul m'aime encor tendrement :
C'est la Mort — ou la Morte... Ô délice ! ô tourment !
La rose qu'elle tient, c'est la *Rose trémière*.

Sainte napolitaine aux mains pleines de feux,
Rose au cœur violet, fleur de sainte Gudule :
As-tu trouvé ta Croix dans le désert des Cieux ?

Roses blanches, tombez ! vous insultez nos Dieux,
Tombez, fantômes blancs, de votre ciel qui brûle :
— La Sainte de l'Abîme est plus sainte à mes yeux !

Gérard de NERVAL

Ballade des dames
du temps jadis

Dites-moi où, n'en quel pays,
Est Flora, la belle Romaine ;
Archipiades, ne Thaïs,
Qui fut sa cousine germaine ;
Écho, parlant quand bruit on mène
Dessus rivière ou sur étang,
Qui beauté eut trop plus qu'humaine.
Mais où sont les neiges d'antan !

Où est la très sage Héloïse,
Pour qui fut châtré et puis moine
Pierre Abélard à Saint-Denis ?
Pour son amour eut cet essoyne.
Semblablement où est la reine
Qui commanda que Buridan
Fut jeté en un sac en Seine ?
Mais où sont les neiges d'antan !

La reine Blanche comme lis,
Qui chantait à voix de sirène,
Berthe au grand pied, Biétris, Allis ;
Haremburgis qui tint le Maine,
Et Jeanne, la bonne Lorraine,

Qu'Anglais brûlèrent à Rouen ;
Où sont-ils, Vierge souveraine ?
Mais où sont les neiges d'antan ?

Envoi

Prince, n'enquérez de semaine
Où elles sont, ni de cet an,
Que ce refrain ne vous remaine :
Mais où sont les neiges d'antan !

François VILLON

Que sont mes amis devenus ?

...

Que sont mes amis devenus
Que j'avais de si près tenus
        Et tant aimés ?
Je crois qu'ils sont trop clairsemés :
Ils ne furent pas bien fumés,
        Ils m'ont manqué.
Ces amis-là m'ont mal traité :
Jamais, quand Dieu m'a affligé
        De tous côtés
Je n'en ai vu un seul chez moi.
Le vent, je crois, les enleva.
        L'amour est morte :
Ce sont amis que vent emporte,
Et il ventait devant ma porte :
        Les emporta.

...

Au temps où l'arbre se défeuille,
Quand il ne reste en branche feuille
        Qui n'aille à terre,
Par la pauvreté qui m'atterre,
Qui de partout me fait la guerre,
        Pendant l'hiver,

De beaucoup sont changés mes vers,
Commence le récit amer
　　　De mon histoire.
Peu d'esprit et peu de mémoire
M'a donnés Dieu, le Roi de gloire,
　　　Et peu de rente,
Et froid au cul quand bise vente.
Le vent me vient, le vent m'évente,
　　　Et trop souvent
Plusieurs fois je ressens le vent.

...

RUTEBEUF

La cigale et la fourmi

La cigale, ayant chanté
   Tout l'été,
Se trouva fort dépourvue
Quand la bise fut venue :
Pas un seul petit morceau
De mouche ou de vermisseau.
Elle alla crier famine
Chez la fourmi sa voisine,
La priant de lui prêter
Quelque grain pour subsister
Jusqu'à la saison nouvelle.
« Je vous paierai, lui dit-elle,
Avant l'août, foi d'animal,
Intérêt et principal. »
La fourmi n'est pas prêteuse :
C'est là son moindre défaut.
« Que faisiez-vous au temps chaud ?
Dit-elle à cette emprunteuse.
— Nuit et jour à tout venant,
Je chantais, ne vous déplaise.
— Vous chantiez ? j'en suis fort aise :
Eh bien ! dansez maintenant. »

Jean de LA FONTAINE

Le corbeau et le renard

Maître corbeau, sur un arbre perché,
   Tenait en son bec un fromage.
Maître renard, par l'odeur alléché,
   Lui tint à peu près ce langage :
   « Hé ! bonjour, Monsieur du Corbeau,
Que vous êtes joli ! que vous me semblez beau !
   Sans mentir, si votre ramage
   Se rapporte à votre plumage,
Vous êtes le phénix des hôtes de ces bois. »
À ces mots le corbeau ne se sent pas de joie ;
   Et pour montrer sa belle voix,
Il ouvre un large bec, laisse tomber sa proie.
Le renard s'en saisit, et dit : « Mon bon Monsieur,
   Apprenez que tout flatteur
   Vit aux dépens de celui qui l'écoute :
Cette leçon vaut bien un fromage, sans doute. »
   Le corbeau, honteux et confus,
Jura, mais un peu tard, qu'on ne l'y prendrait plus.

Jean de LA FONTAINE

Marie

Vous y dansiez petite fille
Y danserez-vous mère-grand
C'est la maclotte qui sautille
Toutes les cloches sonneront
Quand donc reviendrez-vous Marie

Les masques sont silencieux
Et la musique est si lointaine
Qu'elle semble venir des cieux
Oui je veux vous aimer mais vous aimer à peine
Et mon mal est délicieux

Les brebis s'en vont dans la neige
Flocons de laine et ceux d'argent
Des soldats passent et que n'ai-je
Un cœur à moi ce cœur changeant
Changeant et puis encor que sais-je

Sais-je où s'en iront tes cheveux
Crépus comme mer qui moutonne
Sais-je où s'en iront tes cheveux
Et tes mains feuilles de l'automne
Que jonchent aussi nos aveux

Je passais au bord de la Seine
Un livre ancien sous le bras
Le fleuve est pareil à ma peine
Il s'écoule et ne tarit pas
Quand donc finira la semaine

Guillaume APOLLINAIRE

Il pleure
dans mon cœur...

Il pleut doucement sur la ville

Arthur Rimbaud

Il pleure dans mon cœur
Comme il pleut sur la ville.
Quelle est cette langueur
Qui pénètre mon cœur ?

Ô bruit doux de la pluie
Par terre et sur les toits !
Pour un cœur qui s'ennuie,
Ô le chant de la pluie !

Il pleure sans raison
Dans ce cœur qui s'écœure.
Quoi ! nulle trahison ?
Ce deuil est sans raison.

C'est bien la pire peine
De ne savoir pourquoi,
Sans amour et sans haine,
Mon cœur a tant de peine.

Paul VERLAINE

Le ciel est,
par-dessus le toit...

Le ciel est, par-dessus le toit,
    Si bleu, si calme !
Un arbre, par-dessus le toit,
    Berce sa palme.

La cloche, dans le ciel qu'on voit,
    Doucement tinte.
Un oiseau sur l'arbre qu'on voit
    Chante sa plainte.

Mon Dieu, mon Dieu, la vie est là,
    Simple et tranquille.
Cette paisible rumeur-là
    Vient de la ville.

— Qu'as-tu fait, ô toi que voilà
    Pleurant sans cesse
Dis, qu'as-tu fait, toi que voilà,
    De ta jeunesse ?

Paul VERLAINE

Pour vivre ici

Je fis un feu, l'azur m'ayant abandonné,
Un feu pour être son ami,
Un feu pour m'introduire dans la nuit d'hiver,
Un feu pour vivre mieux.

Je lui donnai ce que le jour m'avait donné :
Les forêts, les buissons, les champs de blé, les vignes,
Les nids et leurs oiseaux, les maisons et leurs clés,
Les insectes, les fleurs, les fourrures, les fêtes.

Je vécus au seul bruit des flammes crépitantes,
Au seul parfum de leur chaleur ;
J'étais comme un bateau coulant dans l'eau fermée,
Comme un mort je n'avais qu'un unique élément.

Paul ÉLUARD

La chanson
du Mal-Aimé

(extraits)

Et je chantais cette romance
En 1903 sans savoir
Que mon amour à la semblance
Du beau Phénix s'il meurt un soir
Le matin voit sa renaissance.

Un soir de demi-brume à Londres
Un voyou qui ressemblait à
Mon amour vint à ma rencontre
Et le regard qu'il me jeta
Me fit baisser les yeux de honte

Je suivis ce mauvais garçon
Qui sifflotait mains dans les poches
Nous semblions entre les maisons
Onde ouverte de la mer Rouge
Lui les Hébreux moi Pharaon

Que tombent ces vagues de briques
Si tu ne fus pas bien aimée
Je suis le souverain d'Égypte
Sa sœur-épouse son armée
Si tu n'es pas l'amour unique

Au tournant d'une rue brûlant
De tous les feux de ses façades
Plaies du brouillard sanguinolent
Où se lamentaient les façades
Une femme lui ressemblant

C'était son regard d'inhumaine
La cicatrice à son cou nu
Sortit saoule d'une taverne
Au moment où je reconnus
La fausseté de l'amour même

Lorsqu'il fut de retour enfin
Dans sa patrie le sage Ulysse
Son vieux chien de lui se souvint
Près d'un tapis de haute lisse
Sa femme attendait qu'il revînt

L'époux royal de Sacontale
Las de vaincre se réjouit
Quand il la retrouva plus pâle
D'attente et d'amour yeux pâlis
Caressant sa gazelle mâle

J'ai pensé à ces rois heureux
Lorsque le faux amour et celle
Dont je suis encore amoureux
Heurtant leurs ombres infidèles
Me rendirent si malheureux

Regrets sur quoi l'enfer se fonde
Qu'un ciel d'oubli s'ouvre à mes vœux
Pour son baiser les rois du monde
Seraient morts les pauvres fameux
Pour elle eussent vendu leur ombre

J'ai hiverné dans mon passé
Revienne le soleil de Pâques
Pour chauffer un cœur plus glacé
Que les quarante de Sébaste
Moins que ma vie martyrisés

Mon beau navire ô ma mémoire
Avons-nous assez navigué
Dans une onde mauvaise à boire
Avons-nous assez divagué
De la belle aube au triste soir

Adieu faux amour confondu
Avec la femme qui s'éloigne
Avec celle que j'ai perdue
L'année dernière en Allemagne
Et que je ne reverrai plus

Voie lactée ô sœur lumineuse
Des blancs ruisseaux de Chanaan
Et des corps blancs des amoureuses
Nageurs morts suivrons-nous d'ahan
Ton cours vers d'autres nébuleuses

Je me souviens d'une autre année
C'était l'aube d'un jour d'avril
J'ai chanté ma joie bien-aimée
Chanté l'amour à voix virile
Au moment d'amour de l'année

Aubade
chantée à laetare un an passé

C'est le printemps viens-t'en Pâquette
Te promener au bois joli
Les poules dans la cour caquètent
L'aube au ciel fait de roses plis
L'amour chemine à ta conquête

Mars et Vénus sont revenus
Ils s'embrassent à bouches folles
Devant des sites ingénus
Où sous les roses qui feuillolent
De beaux dieux roses dansent nus

Viens ma tendresse est la régente
De la floraison qui paraît
La nature est belle et touchante
Pan sifflote dans la forêt
Les grenouilles humides chantent
...

Les démons du hasard selon
Le chant du firmament nous mènent
À sons perdus leurs violons
Font danser notre race humaine
Sur la descente à reculons

Destins destins impénétrables
Rois secoués par la folie
Et ces grelottantes étoiles
De fausses femmes dans vos lits
Aux déserts que l'histoire accable

Luitpold le vieux prince régent
Tuteur de deux royautés folles
Sanglote-t-il en y songeant
Quand vacillent les lucioles
Mouches dorées de la Saint-Jean

Près d'un château sans châtelaine
La barque aux barcarols chantants
Sur un lac blanc et sous l'haleine
Des vents qui tremblent au printemps
Voguait cygne mourant sirène

Un jour le roi dans l'eau d'argent
Se noya puis la bouche ouverte
Il s'en revint en surnageant
Sur la rive dormir inerte
Face tournée au ciel changeant

Juin ton soleil ardente lyre
Brûle mes doigts endoloris
Triste et mélodieux délire
J'erre à travers mon beau Paris
Sans avoir le cœur d'y mourir

Les dimanches s'y éternisent
Et les orgues de Barbarie
Y sanglotent dans les cours grises
Les fleurs aux balcons de Paris
Penchent comme la tour de Pise

Soirs de Paris ivres du gin
Flambant de l'électricité
Les tramways feux verts sur l'échine
Musiquent au long des portées
De rails leur folie de machines

Les cafés gonflés de fumée
Crient tout l'amour de leurs tziganes
De tous leurs siphons enrhumés
De leurs garçons vêtus d'un pagne
Vers toi toi que j'ai tant aimée

Moi qui sais des lais pour les reines
Les complaintes de mes années
Des hymnes d'esclave aux murènes
La romance du mal-aimé
Et des chansons pour les sirènes

Guillaume APOLLINAIRE

Tristesse d'Olympio

Les champs n'étaient point noirs, les cieux n'étaient pas
[mornes.
Non, le jour rayonnait dans un azur sans bornes
    Sur la terre étendu,
L'air était plein d'encens et les prés de verdures
Quand il revit ces lieux où par tant de blessures
    Son cœur s'est répandu !

L'automne souriait ; les coteaux vers la plaine
Penchaient leurs bois charmants qui jaunissaient à peine ;
    Le ciel était doré ;
Et les oiseaux, tournés vers celui que tout nomme,
Disant peut-être à Dieu quelque chose de l'homme,
    Chantaient leur chant sacré !

Il voulut tout revoir, l'étang près de la source,
La masure où l'aumône avait vidé leur bourse,
    Le vieux frêne plié,
Les retraites d'amour au fond des bois perdues,
L'arbre où dans les baisers leurs âmes confondues
    Avaient tout oublié !

Il chercha le jardin, la maison isolée,
La grille d'où l'œil plonge en une oblique allée,
    Les vergers en talus.
Pâle, il marchait. — Au bruit de son pas grave et sombre,
Il voyait à chaque arbre, hélas ! se dresser l'ombre
    Des jours qui ne sont plus !

Il entendait frémir dans la forêt qu'il aime
Ce doux vent qui, faisant tout vibrer en nous-même,
    Y réveille l'amour,
Et, remuant le chêne ou balançant la rose,
Semble l'âme de tout qui va sur chaque chose
    Se poser tour à tour !

Les feuilles qui gisaient dans le bois solitaire,
S'efforçant sous ses pas de s'élever de terre,
    Couraient dans le jardin ;
Ainsi, parfois, quand l'âme est triste, nos pensées
S'envolent un moment sur leurs ailes blessées,
    Puis retombent soudain.

Il contempla longtemps les formes magnifiques
Que la nature prend dans les champs pacifiques ;
    Il rêva jusqu'au soir ;
Tout le jour il erra le long de la ravine,
Admirant tour à tour le ciel, face divine.
    Le lac, divin miroir !

Hélas ! se rappelant ses douces aventures,
Regardant, sans entrer, par-dessus les clôtures,
    Ainsi qu'un paria,
Il erra tout le jour. Vers l'heure où la nuit tombe,
Il se sentit le cœur triste comme une tombe ;
    Alors il s'écria :

« Ô douleur ! j'ai voulu, moi dont l'âme est troublée,
Savoir si l'urne encor conservait la liqueur,
Et voir ce qu'avait fait cette heureuse vallée
De tout ce que j'avais laissé là de mon cœur !

« Que peu de temps suffit pour changer toutes choses !
Nature au front serein, comme vous oubliez !
Et comme vous brisez dans vos métamorphoses
Les fils mystérieux où nos cœurs sont liés !

« Nos chambres de feuillage en halliers sont changées !
L'arbre où fut notre chiffre est mort ou renversé ;
Nos roses dans l'enclos ont été ravagées
Par les petits enfants qui sautent le fossé.

« Un mur clôt la fontaine où, par l'heure échauffée,
Folâtre, elle buvait en descendant des bois ;
Elle prenait de l'eau dans sa main, douce fée,
Et laissait retomber des perles de ses doigts !

« On a pavé la route âpre et mal aplanie,
Où, dans le sable pur se dessinant si bien,
Et de sa petitesse étalant l'ironie,
Son pied charmant semblait rire à côté du mien !

« La borne du chemin, qui vit des jours sans nombre,
Où jadis pour m'attendre elle aimait à s'asseoir,
S'est usée en heurtant, lorsque la route est sombre,
Les grands chars gémissants qui reviennent le soir.

« La forêt ici manque et là s'est agrandie.
De tout ce qui fut nous presque rien n'est vivant :
Et, comme un tas de cendre éteinte et refroidie,
L'amas des souvenirs se disperse à tout vent !

« N'existons-nous donc plus ? Avons-nous eu notre heure ?
Rien ne la rendra-t-il à nos cris superflus ?
L'air joue avec la branche au moment où je pleure ;
Ma maison me regarde et ne me connaît plus.

« D'autres vont maintenant passer où nous passâmes.
Nous y sommes venus, d'autres vont y venir ;
Et le songe qu'avaient ébauché nos deux âmes,
Ils le continueront sans pouvoir le finir !

« Car personne ici-bas ne termine et n'achève ;
Les pires des humains sont comme les meilleurs ;
Nous nous réveillons tous au même endroit du rêve.
Tout commence en ce monde et tout finit ailleurs.

« Oui, d'autres à leur tour viendront, couples sans tache,
Puiser dans cet asile heureux, calme, enchanté,
Tout ce que la nature à l'amour qui se cache
Mêle de rêverie et de solennité !

« D'autres auront nos champs, nos sentiers, nos retraites ;
Ton bois, ma bien-aimée, est à des inconnus.
D'autres femmes viendront, baigneuses indiscrètes,
Troubler le flot sacré qu'ont touché tes pieds nus !

« Quoi donc ! c'est vainement qu'ici nous nous aimâmes !
Rien ne nous restera de ces coteaux fleuris
Où nous fondions notre être en y mêlant nos flammes !
L'impassible nature a déjà tout repris.

« Oh ! dites-moi, ravins, frais ruisseaux, treilles mûres,
Rameaux chargés de nids, grottes, forêts, buissons,
Est-ce que vous ferez pour d'autres vos murmures ?
Est-ce que vous direz à d'autres vos chansons ?

« Nous vous comprenions tant ! doux, attentifs, austères,
Tous nos échos s'ouvraient si bien à votre voix !
Et nous prêtions si bien, sans troubler vos mystères,
L'oreille aux mots profonds que vous dites parfois !

« Répondez, vallon pur, répondez, solitude,
Ô nature abritée en ce désert si beau,
Lorsque nous dormirons tous deux dans l'attitude
Que donne aux morts pensifs la forme du tombeau,

« Est-ce que vous serez à ce point insensible
De nous savoir couchés, morts avec nos amours,
Et de continuer votre fête paisible,
Et de toujours sourire et de chanter toujours ?

« Est-ce que, nous sentant errer dans vos retraites,
Fantômes reconnus par vos monts et vos bois,
Vous ne nous direz pas de ces choses secrètes
Qu'on dit en revoyant des amis d'autrefois ?

« Est-ce que vous pourrez, sans tristesse et sans plainte,
Voir nos ombres flotter où marchèrent nos pas,
Et la voir m'entraîner, dans une morne étreinte,
Vers quelque source en pleurs qui sanglote tout bas ?

« Et, s'il est quelque part, dans l'ombre où rien ne veille,
Deux amants sous vos fleurs abritant leurs transports,
Ne leur irez-vous pas murmurer à l'oreille :
— Vous qui vivez, donnez une pensée aux morts !

« Dieu nous prête un moment les prés et les fontaines,
Les grands bois frissonnants, les rocs profonds et sourds,
Et les cieux azurés et les lacs et les plaines,
Pour y mettre nos cœurs, nos rêves, nos amours ;

« Puis il nous les retire. Il souffle notre flamme ;
Il plonge dans la nuit l'antre où nous rayonnons ;
Et dit à la vallée, où s'imprima notre âme,
D'effacer notre trace et d'oublier nos noms.

« Eh bien ! oubliez-nous, maison, jardin, ombrages !
Herbe, use notre seuil ! ronce, cache nos pas !
Chantez, oiseaux ! ruisseaux, coulez ! croissez, feuillages !
Ceux que vous oubliez ne vous oublieront pas.

« Car vous êtes pour nous l'ombre de l'amour même !
Vous êtes l'oasis qu'on rencontre en chemin !
Vous êtes, ô vallon, la retraite suprême
Où nous avons pleuré nous tenant par la main !

« Toutes les passions s'éloignent avec l'âge,
L'une emportant son masque et l'autre son couteau,
Comme un essaim chantant d'histrions en voyage
Dont le troupeau décroît derrière le coteau.

« Mais toi, rien ne t'efface, amour ! toi qui nous charmes,
Toi qui, torche ou flambeau, luis dans notre brouillard !
Tu nous tiens par la joie, et surtout par les larmes.
Jeune homme on te maudit, on t'adore vieillard.

« Dans ces jours où la tête au poids des ans s'incline,
Où l'homme, sans projets, sans but, sans visions,
Sent qu'il n'est plus déjà qu'une tombe en ruine
Où gisent ses vertus et ses illusions ;

« Quand notre âme en rêvant descend dans nos entrailles,
Comptant dans notre cœur, qu'enfin la glace atteint,
Comme on compte les morts sur un champ de batailles,
Chaque douleur tombée et chaque songe éteint,

« Comme quelqu'un qui cherche en tenant une lampe,
Loin des objets réels, loin du monde rieur,
Elle arrive à pas lents par une obscure rampe
Jusqu'au fond désolé du gouffre intérieur ;

« Et là, dans cette nuit qu'aucun rayon n'étoile,
L'âme, en un repli sombre où tout semble finir,
Sent quelque chose encor palpiter sous un voile... —
C'est toi qui dors dans l'ombre, ô sacré souvenir ! »

Victor HUGO

... Du fond
de l'Océan
des étoiles
nouvelles...

(José Maria de Heredia)

Les conquérants

Comme un vol de gerfauts hors du charnier natal,
Fatigués de porter leurs misères hautaines,
De Palos de Moguer, routiers et capitaines
Partaient, ivres d'un rêve héroïque et brutal.

Ils allaient conquérir le fabuleux métal
Que Cipango mûrit dans ses mines lointaines,
Et les vents alizés inclinaient leurs antennes
Aux bords mystérieux du monde Occidental.

Chaque soir, espérant des lendemains épiques,
L'azur phosphorescent de la mer des Tropiques
Enchantait leur sommeil d'un mirage doré ;

Ou penchés à l'avant des blanches caravelles,
Ils regardaient monter en un ciel ignoré
Du fond de l'Océan des étoiles nouvelles.

José Maria de HEREDIA

Complainte
de la lune en province

Ah ! la belle pleine Lune,
Grosse comme une fortune !

La retraite sonne au loin,
Un passant, monsieur l'adjoint ;

Un clavecin joue en face,
Un chat traverse la place :

La province qui s'endort !
Plaquant un dernier accord,

Le piano clôt sa fenêtre.
Quelle heure peut-il bien être ?

Calme Lune, quel exil !
Faut-il dire : ainsi soit-il ?

Lune, ô dilettante Lune,
À tous les climats commune,

Tu vis hier le Missouri,
Et les remparts de Paris,

Les fjords bleus de la Norvège,
Les pôles, les mers, que sais-je ?

Lune heureuse ! ainsi tu vois,
À cette heure, le convoi

De son voyage de noce !
Ils sont partis pour l'Écosse.

Quel panneau, si, cet hiver,
Elle eût pris au mot mes vers !

Lune, vagabonde lune,
Faisons cause et mœurs communes ?

Ô riches nuits ! je me meurs,
La province dans le cœur !

Et la lune a, bonne vieille,
Du coton dans les oreilles.

Jules LAFORGUE

Liberté

Sur mes cahiers d'écolier
Sur mon pupitre et les arbres
Sur le sable et sur la neige
J'écris ton nom

Sur toutes les pages lues
Sur toutes les pages blanches
Pierre sang papier ou cendre
J'écris ton nom

Sur les images dorées
Sur les armes des guerriers
Sur la couronne des rois
J'écris ton nom

Sur la jungle et le désert
Sur les nids sur les genêts
Sur l'écho de mon enfance
J'écris ton nom

Sur les merveilles des nuits
Sur le pain blanc des journées
Sur les saisons fiancées
J'écris ton nom

Sur tous mes chiffons d'azur
Sur l'étang soleil moisi
Sur le lac lune vivante
J'écris ton nom

Sur les champs sur l'horizon
Sur les ailes des oiseaux
Et sur le moulin des ombres
J'écris ton nom

Sur chaque bouffée d'aurore
Sur la mer sur les bateaux
Sur la montagne démente
J'écris ton nom

Sur la mousse des nuages
Sur les sueurs de l'orage
Sur la pluie épaisse et fade
J'écris ton nom

Sur les formes scintillantes
Sur les cloches des couleurs
Sur la vérité physique
J'écris ton nom

Sur les sentiers éveillés
Sur les routes déployées
Sur les places qui débordent
J'écris ton nom

Sur la lampe qui s'allume
Sur la lampe qui s'éteint
Sur mes maisons réunies
J'écris ton nom

Sur le fruit coupé en deux
Du miroir et de ma chambre
Sur mon lit coquille vide
J'écris ton nom

Sur mon chien gourmand et tendre
Sur ses oreilles dressées
Sur sa patte maladroite
J'écris ton nom

Sur le tremplin de ma porte
Sur les objets familiers
Sur le flot du feu béni
J'écris ton nom

Sur toute chair accordée
Sur le front de mes amis
Sur chaque main qui se tend
J'écris ton nom

Sur la vitre des surprises
Sur les lèvres attentives
Bien au-dessus du silence
J'écris ton nom

Sur mes refuges détruits
Sur mes phares écroulés
Sur les murs de mon ennui
J'écris ton nom

Sur l'absence sans désir
Sur la solitude nue
Sur les marches de la mort
J'écris ton nom

Sur la santé revenue
Sur le risque disparu
Sur l'espoir sans souvenir
J'écris ton nom

Et par le pouvoir d'un mot
Je recommence ma vie
Je suis né pour te connaître
Pour te nommer

Liberté

Paul ÉLUARD

La Rose et le réséda

à Gabriel Péri et d'Estienne d'Orves
comme à Guy Moquet et Gilbert Dru.

Celui qui croyait au ciel
Celui qui n'y croyait pas
Tous deux adoraient la belle
Prisonnière des soldats
Lequel montait à l'échelle
Et lequel guettait en bas
Celui qui croyait au ciel
Celui qui n'y croyait pas
Qu'importe comment s'appelle
Cette clarté sur leurs pas
Que l'un fût de la chapelle
Et l'autre s'y dérobât
Celui qui croyait au ciel
Celui qui n'y croyait pas
Tous les deux étaient fidèles
Des lèvres du cœur des bras
Et tous les deux disaient qu'elle
Vive et qui vivra verra
Celui qui croyait au ciel
Celui qui n'y croyait pas
Quand les blés sont sous la grêle
Fou qui fait le délicat
Fou qui songe à ses querelles
Au cœur du commun combat
Celui qui croyait au ciel
Celui qui n'y croyait pas
Du haut de la citadelle

La sentinelle tira
Par deux fois et l'un chancelle
L'autre tombe Qui mourra
Celui qui croyait au ciel
Celui qui n'y croyait pas
Ils sont en prison Lequel
A le plus triste grabat
Lequel plus que l'autre gèle
Lequel préfère les rats
Celui qui croyait au ciel
Celui qui n'y croyait pas
Un rebelle est un rebelle
Nos sanglots font un seul glas
Et quand vient l'aube cruelle
Passent de vie à trépas
Celui qui croyait au ciel
Celui qui n'y croyait pas
Répétant le nom de celle
Qu'aucun des deux ne trompa
Et leur sang rouge ruisselle
Même couleur même éclat
Celui qui croyait au ciel
Celui qui n'y croyait pas
Il coule il coule et se mêle
À la terre qu'il aima
Pour qu'à la saison nouvelle
Mûrisse un raisin muscat
Celui qui croyait au ciel
Celui qui n'y croyait pas
L'un court et l'autre a des ailes
De Bretagne ou du Jura

Et framboise ou mirabelle
Le grillon rechantera
Dites flûte ou violoncelle
Le double amour qui brûla
L'alouette et l'hirondelle
La rose et le réséda

Louis ARAGON

Barbara

Rappelle-toi Barbara
Il pleuvait sans cesse sur Brest ce jour-là
Et tu marchais souriante
Épanouie ravie ruisselante
Sous la pluie
Rappelle-toi Barbara
Il pleuvait sans cesse sur Brest
Et je t'ai croisée rue de Siam
Tu souriais
Et moi je souriais de même
Rappelle-toi Barbara
Toi que je ne connaissais pas
Toi qui ne me connaissais pas
Rappelle-toi
Rappelle-toi quand même ce jour-là
N'oublie pas
Un homme sous un porche s'abritait
Et il a crié ton nom
Barbara
Et tu as couru vers lui sous la pluie
Ruisselante ravie épanouie
Et tu t'es jetée dans ses bras
Rappelle-toi cela Barbara
Et ne m'en veux pas si je te tutoie
Je dis tu à tous ceux que j'aime

Même si je ne les ai vus qu'une seule fois
Je dis tu à tous ceux qui s'aiment
Même si je ne les connais pas
Rappelle-toi Barbara
N'oublie pas
Cette pluie sage et heureuse
Sur ton visage heureux
Sur cette ville heureuse
Cette pluie sur la mer
Sur l'arsenal
Sur le bateau d'Ouessant
Oh Barbara
Quelle connerie la guerre
Qu'es-tu devenue maintenant
Sous cette pluie de fer
De feu d'acier de sang
Et celui qui te serrait dans ses bras
Amoureusement
Est-il mort disparu ou bien encore vivant
Oh Barbara
Il pleut sans cesse sur Brest
Comme il pleuvait avant
Mais ce n'est plus pareil et tout est abîmé
C'est une pluie de deuil terrible et désolée
Ce n'est même plus l'orage
De fer d'acier de sang
Tout simplement des nuages

Qui crèvent comme des chiens
Des chiens qui disparaissent
Au fil de l'eau sur Brest
Et vont pourrir au loin
Au loin très loin de Brest
Dont il ne reste rien.

Jacques PRÉVERT

La Prose du Transsibérien
et de la petite Jehanne de France

(extraits)

En ce temps-là j'étais en mon adolescence
J'avais à peine seize ans et je ne me souvenais déjà plus de
mon enfance
J'étais à seize mille lieues du lieu de ma naissance
J'étais à Moscou, dans la ville des mille et trois clochers et
des sept gares
Et je n'avais pas assez de sept gares et des mille et trois tours
Car mon adolescence était alors si ardente et si folle
Que mon cœur, tour à tour, brûlait comme le temple
d'Éphèse ou comme la Place Rouge de Moscou
Quand le soleil se couche.
Et mes yeux éclairaient des voies anciennes,
Et j'étais déjà si mauvais poète
Que je ne savais pas aller jusqu'au bout.

Le Kremlin était comme un immense gâteau tartare
Croustillé d'or,
Avec les grandes amandes des cathédrales toutes blanches
Et l'or mielleux des cloches...
Un vieux moine me lisait la légende de Novgorod
J'avais soif

Et je déchiffrais des caractères cunéiformes
Puis, tout à coup, les pigeons du Saint-Esprit s'envolaient
    sur la place
Et mes mains s'envolaient aussi, avec des bruissements
    d'albatros
Et ceci, c'étaient les dernières réminiscences du dernier
    jour
Du tout dernier voyage
Et de la mer.

Pourtant, j'étais fort mauvais poète.
Je ne savais pas aller jusqu'au bout.
J'avais faim
Et tous les jours et toutes les femmes dans les cafés et tous
    les verres,
J'aurais voulu les boire et les casser
Et toutes les vitrines et toutes les rues
Et toutes les maisons et toutes les vies
Et toutes les roues des fiacres qui tournaient en tourbillon
    sur les mauvais pavés
J'aurais voulu les plonger dans une fournaise de glaives
Et j'aurais voulu broyer tous les os
Et arracher toutes les langues

Et liquéfier tous ces grands corps étrangers et nus sous les
   vêtements qui m'affolent...
Je pressentais la venue du grand Christ rouge de la révolu-
   tion russe...
Et le soleil était une mauvaise plaie
Qui s'ouvrait comme un brasier.

En ce temps-là j'étais en mon adolescence
J'avais à peine seize ans et je ne me souvenais déjà plus de
   ma naissance
J'étais à Moscou, où je voulais me nourrir de flammes
Et je n'avais pas assez des tours et des gares que constel-
   laient mes yeux
En Sibérie tonnait le canon, c'était la guerre
La faim le froid la peste le choléra
Et les eaux limoneuses de l'Amour charriaient des millions
   de charognes
Dans toutes les gares je voyais partir tous les derniers trains
Personne ne pouvait plus partir car on ne délivrait plus de
   billets
Et les soldats qui s'en allaient auraient bien voulu rester...
Un vieux moine chantait la légende de Novgorod.

...

Or, un vendredi matin, ce fut aussi mon tour
On était en décembre
Et je partis moi aussi pour accompagner le voyageur en
bijouterie qui se rendait à Kharbine
Nous avions deux coupés dans l'express et 34 coffres de
joaillerie de Pforzheim
De la camelote allemande « Made in Germany »
Il m'avait habillé de neuf et, en montant dans le train, j'avais
perdu un bouton
— Je m'en souviens, je m'en souviens, j'y ai souvent pensé
depuis —
Je couchais sur les coffres et j'étais tout heureux de pou-
voir jouer avec le browning nickelé qu'il m'avait aussi
donné.

J'étais très heureux insouciant
Je croyais jouer aux brigands
Nous avions volé le trésor de Golconde
Et nous allions, grâce au Transsibérien, le cacher de l'autre
côté du monde
Je devais le défendre contre les voleurs de l'Oural qui
avaient attaqué les saltimbanques de Jules Verne
Contre les Khoungouzes, les boxers de la Chine
Et les enragés petits mongols du Grand-Lama
Alibaba et les quarante voleurs

Et les fidèles du terrible Vieux de la montagne
Et surtout, contre les plus modernes
Les rats d'hôtel
Et les spécialistes des express internationaux.

Et pourtant, et pourtant
J'étais triste comme un enfant
Les rythmes du train
La *moelle chemin-de-fer des* psychiatres américains
Le bruit des portes des voix des essieux grinçant sur les
    rails congelés
Le ferlin d'or de mon avenir
Mon browning le piano et les jurons des joueurs de cartes
    dans le compartiment d'à-côté
L'épatante présence de Jeanne
L'homme aux lunettes bleues qui se promenait nerveuse-
    ment dans le couloir et qui me regardait en passant
Froissis de femmes
Et le sifflement de la vapeur
Et le bruit éternel des roues en folie dans les ornières du
    ciel
Les vitres sont givrées
Pas de nature !
Et derrière, les plaines sibériennes le ciel bas et les
    grandes ombres des Taciturnes qui montent et qui des-
    cendent

Je suis couché dans un plaid
Bariolé
Comme ma vie
Et ma vie ne me tient pas plus chaud que ce châle
Écossais
Et l'Europe tout entière aperçue au coupe-vent d'un
express à toute vapeur
N'est pas plus riche que ma vie
Ma pauvre vie
Ce châle
Effiloché sur des coffres remplis d'or
Avec lesquels je roule
Que je rêve
Que je fume
Et la seule flamme de l'univers
Est une pauvre pensée...

...
Je suis en route
J'ai toujours été en route
Je suis en route avec la petite Jehanne de France
Le train fait un saut périlleux et retombe sur toutes ses
roues
Le train retombe sur ses roues
Le train retombe toujours sur toutes ses roues

« Blaise, dis, sommes-nous bien loin de Montmartre ? »
Nous sommes loin, Jeanne, tu roules depuis sept jours
Tu es loin de Montmartre, de la Butte qui t'a nourrie du
    Sacré-Cœur contre lequel tu t'es blottie
Paris a disparu et son énorme flambée
Il n'y a plus que les cendres continues
La pluie qui tombe
La tourbe qui se gonfle
La Sibérie qui tourne
Les lourdes nappes de neige qui remontent
Et le grelot de la folie qui grelotte comme un dernier désir
    dans l'air bleu
Le train palpite au cœur des horizons plombés
Et ton chagrin ricane...
...

Blaise CENDRARS

Le chat, la belette
et le petit lapin

      Du palais d'un jeune lapin,
      Dame belette, un beau matin,
      S'empara : c'est une rusée.
Le maître étant absent, ce lui fut chose aisée.
Elle porta chez lui ses pénates, un jour
Qu'il était allé faire à l'Aurore sa cour
      Parmi le thym et la rosée.
Après qu'il eut brouté, trotté, fait tous ses tours,
Jeannot lapin retourne aux souterrains séjours.
La belette avait mis le nez à la fenêtre.
« Ô Dieux hospitaliers ! que vois-je ici paraître ?
Dit l'animal chassé du paternel logis.
      Oh là, Madame la belette,
      Que l'on déloge sans trompette,
Ou je vais avertir tous les rats du pays. »
La dame au nez pointu répondit que la terre
      Était au premier occupant.
      « C'était un beau sujet de guerre,
Qu'un logis où lui-même il n'entrait qu'en rampant.
      Et quand ce serait un royaume,

Je voudrais bien savoir, dit-elle, quelle loi
        En a pour toujours fait l'octroi
À Jean, fils ou neveu de Pierre ou de Guillaume,
        Plutôt qu'à Paul, plutôt qu'à moi. »
Jean lapin allégua la coutume et l'usage :
« Ce sont, dit-il, leurs lois qui m'ont de ce logis
Rendu maître et seigneur, et qui, de père en fils,
L'ont de Pierre à Simon, puis à moi Jean, transmis.
"Le premier occupant" , est-ce une loi plus sage ?
        — Or bien, sans crier davantage,
Rapportons-nous, dit-elle, à Raminagrobis. »
C'était un chat vivant comme un dévot ermite,
        Un chat faisant la chattemite,
Un saint homme de chat, bien fourré, gros et gras,
        Arbitre expert sur tous les cas.
        Jean lapin pour juge l'agrée.
        Les voilà tous deux arrivés
        Devant Sa Majesté fourrée.
Grippeminaud leur dit : « Mes enfants, approchez,
Approchez, je suis sourd, les ans en sont la cause. »
L'un et l'autre approcha, ne craignant nulle chose.
Aussitôt qu'à portée il vit les contestants,
        Grippeminaud, le bon apôtre,

Jetant des deux côtés la griffe en même temps,
Mit les plaideurs d'accord en croquant l'un et l'autre.

Ceci ressemble fort aux débats qu'ont parfois
Les petits souverains se rapportant aux rois.

Jean de La Fontaine

Le bateau ivre

Comme je descendais des Fleuves impassibles,
Je ne me sentis plus guidé par les haleurs :
Des Peaux-rouges criards les avaient pris pour cibles,
Les ayant cloués nus aux poteaux de couleurs.

J'étais insoucieux de tous les équipages,
Porteur de blés flamands ou de cotons anglais.
Quand avec mes haleurs ont fini ces tapages,
Les Fleuves m'ont laissé descendre où je voulais.

Dans les clapotements furieux des marées,
Moi, l'autre hiver, plus sourd que les cerveaux d'enfants,
Je courus ! Et les Péninsules démarrées
N'ont pas subi tohu-bohu plus triomphants.

La tempête a béni mes éveils maritimes.
Plus léger qu'un bouchon j'ai dansé sur les flots
Qu'on appelle rouleurs éternels de victimes,
Dix nuits, sans regretter l'œil niais des falots !

Plus douce qu'aux enfants la chair des pommes sûres,
L'eau verte pénétra ma coque de sapin
Et des taches de vins bleus et des vomissures
Me lava, dispersant gouvernail et grappin.

Et dès lors, je me suis baigné dans le Poème
De la Mer, infusé d'astres, et latescent,
Dévorant les azurs verts ; où flottaison blême
Et ravie, un noyé pensif parfois descend ;

Où, teignant tout à coup les bleuités, délires
Et rythmes lents sous les rutilements du jour,
Plus fortes que l'alcool, plus vastes que nos lyres,
Fermentent les rousseurs amères de l'amour !

Je sais les cieux crevant en éclairs, et les trombes
Et les ressacs et les courants ; je sais le soir,
L'Aube exaltée ainsi qu'un peuple de colombes,
Et j'ai vu quelquefois ce que l'homme a cru voir.

J'ai vu le soleil bas, taché d'horreurs mystiques,
Illuminant de longs figements violets,
Pareils à des acteurs de drames très antiques
Les flots roulant au loin leurs frissons de volets !

J'ai rêvé la nuit verte aux neiges éblouies,
Baiser montant aux yeux des mers avec lenteurs,
La circulation des sèves inouïes,
Et l'éveil jaune et bleu des phosphores chanteurs !

J'ai suivi des mois pleins, pareille aux vacheries
Hystériques, la houle à l'assaut des récifs,
Sans songer que les pieds lumineux des Maries
Pussent forcer le mufle aux Océans poussifs !

J'ai heurté, savez-vous, d'incroyables Florides
Mêlant aux fleurs des yeux de panthères à peaux
D'hommes ! Des arcs-en-ciel tendus comme des brides
Sous l'horizon des mers, à de glauques troupeaux.

J'ai vu fermenter les marais énormes, nasses
Où pourrit dans les joncs tout un Léviathan !
Des écroulements d'eaux au milieu des bonaces,
Et les lointains vers les gouffres cataractant !

Glaciers, soleils d'argent, flots nacreux, cieux de braises,
Échouages hideux au fond des golfes bruns
Où les serpents géants dévorés des punaises
Choient, des arbres tordus, avec de noirs parfums !

J'aurais voulu montrer aux enfants ces dorades
Du flot bleu, ces poissons d'or, ces poissons chantants.
— Des écumes de fleurs ont bercé mes dérades
Et d'ineffables vents m'ont ailé par instants.

Parfois, martyr lassé des pôles et des zones,
La mer dont le sanglot faisait mon roulis doux
Montait vers moi ses fleurs d'ombre aux ventouses jaunes
Et je restais, ainsi qu'une femme à genoux...

Presque île, ballottant sur mes bords les querelles
Et les fientes d'oiseaux clabaudeurs aux yeux blonds.
Et je voguais, lorsqu'à travers mes liens frêles
Des noyés descendaient dormir, à reculons !...

Or moi, bateau perdu sous les cheveux des anses,
Jeté par l'ouragan dans l'éther sans oiseau,
Moi dont les Monitors et les voiliers des Hanses
N'auraient pas repêché la carcasse ivre d'eau ;

Libre, fumant, monté de brumes violettes,
Moi qui trouais le ciel rougeoyant comme un mur
Qui porte, confiture exquise aux bons poètes,
Des lichens de soleil et des morves d'azur ;

Qui courais, taché de lunules électriques,
Planche folle, escorté des hippocampes noirs,
Quand les juillets faisaient crouler à coups de triques
Les cieux ultramarins aux ardents entonnoirs ;

Moi qui tremblais, sentant geindre à cinquante lieues
Le rut des Béhémots et les Maelstroms épais,
Fileur éternel des immobilités bleues,
Je regrette l'Europe aux anciens parapets !

J'ai vu des archipels sidéraux ! et des îles
Dont les cieux délirants sont ouverts au vogueur :
— Est-ce en ces nuits sans fond que tu dors et t'exiles,
Million d'oiseaux d'or, ô future Vigueur ? —

Mais, vrai, j'ai trop pleuré ! Les Aubes sont navrantes.
Toute lune est atroce et tout soleil amer :
L'âcre amour m'a gonflé de torpeurs enivrantes,
Ô que ma quille éclate ! Ô que j'aille à la mer !

Si je désire une eau d'Europe, c'est la flache
Noire et froide où vers le crépuscule embaumé
Un enfant accroupi plein de tristesse, lâche
Un bateau frêle comme un papillon de mai.

Je ne puis plus, baigné de vos langueurs, ô lames,
Enlever leur sillage aux porteurs de cotons,
Ni traverser l'orgueil des drapeaux et des flammes,
Ni nager sous les yeux horribles des pontons.

Arthur RIMBAUD

Heureux qui,
comme Ulysse...

Heureux qui, comme Ulysse, a fait un beau voyage,
Ou comme cestui-là qui conquit la toison,
Et puis est retourné, plein d'usage et raison,
Vivre entre ses parents le reste de son âge !

Quand reverrai-je, hélas ! de mon petit village
Fumer la cheminée, et en quelle saison
Reverrai-je le clos de ma pauvre maison,
Qui m'est une province, et beaucoup davantage ?

Plus me plaît le séjour qu'ont bâti mes aïeux
Que des palais romains le front audacieux ;
Plus que le marbre dur me plaît l'ardoise fine,

Plus mon Loire gaulois que le Tibre latin,
Plus mon petit Liré que le mont Palatin,
Et plus que l'air marin la douceur angevine.

Joachim du BELLAY

Booz endormi

Booz était couché de fatigue accablé ;
Il avait tout le jour travaillé dans son aire,
Puis avait fait son lit à sa place ordinaire ;
Booz dormait auprès des boisseaux pleins de blé.

Ce vieillard possédait des champs de blés et d'orge ;
Il était, quoique riche, à la justice enclin ;
Il n'avait pas de fange en l'eau de son moulin ;
Il n'avait pas d'enfer dans le feu de sa forge.

Sa barbe était d'argent comme un ruisseau d'avril,
Sa gerbe n'était point avare ni haineuse ;
Quand il voyait passer quelque pauvre glaneuse :
« Laissez tomber exprès des épis », disait-il.

Cet homme marchait pur loin des sentiers obliques,
Vêtu de probité candide et de lin blanc ;
Et, toujours du côté des pauvres ruisselant,
Ses sacs de grains semblaient des fontaines publiques.

Booz était bon maître et fidèle parent ;
Il était généreux quoiqu'il fût économe ;
Les femmes regardaient Booz plus qu'un jeune homme,
Car le jeune homme est beau, mais le vieillard est grand.

Le vieillard, qui revient vers la source première
Entre aux jours éternels et sort des jours changeants ;
Et l'on voit de la flamme aux yeux des jeunes gens,
Mais dans l'œil du vieillard on voit de la lumière.

*

Donc, Booz dans la nuit dormait parmi les siens ;
Près des meules, qu'on eût prises pour des décombres,
Les moissonneurs couchés faisaient des groupes
                                        [sombres ;
Et ceci se passait dans des temps très anciens.

Les tribus d'Israël avaient pour chef un juge ;
La terre, où l'homme errait sous la tente, inquiet
Des empreintes de pieds de géants qu'il voyait,
Était encor mouillée et molle du déluge.

Comme dormait Jacob, comme dormait Judith,
Booz, les yeux fermés, gisait sous la feuillée ;
Or, la porte du ciel, s'étant entre-baillée
Au-dessus de sa tête, un songe en descendit.

Et ce songe était tel, que Booz vit un chêne
Qui, sorti de son ventre, allait jusqu'au ciel bleu ;
Une race y montait comme une longue chaîne ;
Un roi chantait en bas, en haut mourait un Dieu.

Et Booz murmurait avec la voix de l'âme :
« Comment se pourrait-il que de moi ceci vînt ?
Le chiffre de mes ans a passé quatre-vingts,
Et je n'ai pas de fils, et je n'ai plus de femme.

« Voilà longtemps que celle avec qui j'ai dormi,
Ô seigneur ! a quitté ma couche pour la vôtre ;
Et nous sommes encor tout mêlés l'un à l'autre,
Elle à demi vivante et moi mort à demi.

« Une race naîtrait de moi ! Comment le croire ?
Comment se pourrait-il que j'eusse des enfants ?
Quand on est jeune, on a des matins triomphants,
Le jour sort de la nuit comme d'une victoire ;

Mais, vieux, on tremble ainsi qu'à l'hiver le bouleau ;
Je suis veuf, je suis seul, et sur moi le soir tombe,
Et je courbe, ô mon Dieu ! mon âme vers la tombe,
Comme un bœuf ayant soif penche son front vers l'eau. »

Ainsi parlait Booz dans le rêve et l'extase,
Tournant vers Dieu ses yeux par le sommeil noyés ;
Le cèdre ne sent pas une rose à sa base,
Et lui ne sentait pas une femme à ses pieds.

Pendant qu'il sommeillait, Ruth, une Moabite,
S'était couchée aux pieds de Booz, le sein nu,
Espérant on ne sait quel rayon inconnu,
Quand viendrait du réveil la lumière subite.

Booz ne savait pas qu'une femme était là,
Et Ruth ne savait pas ce que Dieu voulait d'elle.
Un frais parfum sortait des touffes d'asphodèle ;
Les souffles de la nuit flottaient sur Galgala.

L'ombre était nuptiale, auguste et solennelle ;
Les anges y volaient sans doute obscurément,
Car on voyait passer dans la nuit, par moment,
Quelque chose de bleu qui paraissait une aile.

La respiration de Booz qui dormait
Se mêlait au bruit sourd des ruisseaux sur la mousse.
On était dans le mois où la nature est douce,
Les collines ayant des lis sur leur sommet.

Ruth songeait et Booz dormait ; l'herbe était noire,
Les grelots des troupeaux palpitaient vaguement ;
Une immense bonté tombait du firmament ;
C'était l'heure tranquille où les lions vont boire.

Tout reposait dans Ur et dans Jérimadeth ;
Les astres émaillaient le ciel profond et sombre ;
Le croissant fin et clair parmi ces fleurs de l'ombre
Brillait à l'occident, et Ruth se demandait,

Immobile, ouvrant l'œil à moitié sous ses voiles,
Quel dieu, quel moissonneur de l'éternel été
Avait, en s'en allant, négligemment jeté
Cette faucille d'or dans le champ des étoiles.

Victor HUGO

Et le mal
de l'oiseau,
l'autre oiseau
n'en sait rien.

(Sabine Sicaud)

Complainte
du petit cheval blanc

Le petit cheval, dans le mauvais temps, qu'il avait donc du courage ! C'était un petit cheval blanc, tous derrière et lui devant.

Il n'y avait jamais de beau temps dans ce pauvre paysage. Il n'y avait jamais de printemps, ni derrière ni devant.

Mais toujours il était content, menant les gars du village, à travers la pluie noire des champs, tous derrière et lui devant.

Sa voiture allait poursuivant sa belle petite queue sauvage. C'est alors qu'il était content, eux derrière et lui devant.

Mais un jour, dans le mauvais temps, un jour qu'il était si sage, il est mort par un éclair blanc, tous derrière et lui devant.

Il est mort sans voir le beau temps, qu'il avait donc du courage ! Il est mort sans voir le printemps ni derrière ni devant.

Paul FORT

Rondel

Il fait noir, enfant, voleur d'étincelles !
Il n'est plus de nuits, il n'est plus de jours ;
Dors... en attendant venir toutes celles
Qui disaient : Jamais ! Qui disaient : Toujours !

Entends-tu leurs pas ?... Ils ne sont pas lourds :
Oh ! les pieds légers ! — l'Amour a des ailes...
Il fait noir, enfant, voleur d'étincelles !

Entends-tu leurs voix ?... Les caveaux sont sourds.
Dors : Il pèse peu, ton faix d'immortelles ;
Ils ne viendront pas, tes amis les ours,
Jeter leur pavé sur les demoiselles...
Il fait noir, enfant, voleur d'étincelles !

Tristan CORBIÈRE

Vous parler ?...

Vous parler ?... Non... Je ne peux pas.
Je préfère souffrir comme une plante ;
Comme l'oiseau qui ne dit rien sur le tilleul.
Ils attendent... C'est bien. Puisqu'ils ne sont pas las
D'attendre, j'attendrai, de cette même attente.

Ils souffrent seuls. On doit apprendre à souffrir seul.
Je ne veux pas d'indifférents prêts à sourire
Ni d'amis gémissants... Que nul ne vienne.

La plante ne dit rien. L'oiseau se tait. Que dire ?
Cette douleur est seule au monde, quoi qu'on veuille.
Elle n'est pas celle des autres, c'est la mienne.
Une feuille a son mal qu'ignore l'autre feuille,
Et le mal de l'oiseau, l'autre oiseau n'en sait rien.

Sabine SICAUD

Comme on voit
sur la branche...

Comme on voit sur la branche, au mois de mai, la rose,
En sa belle jeunesse, en sa première fleur,
Rendre le ciel jaloux de sa vive couleur,
Quand l'aube, de ses pleurs, au point du jour l'arrose ;

La Grâce dans sa feuille, et l'Amour se repose,
Embaumant les jardins et les arbres d'odeur ;
Mais, battue ou de pluie ou d'excessive ardeur,
Languissante, elle meurt, feuille à feuille déclose ;

Ainsi, en ta première et jeune nouveauté,
Quand la terre et le ciel honoraient ta beauté,
La Parque t'a tuée, et cendre tu reposes.

Pour obsèques reçois mes larmes et mes pleurs,
Ce vase plein de lait, ce panier plein de fleurs,
Afin que, vif et mort, ton corps ne soit que roses.

Pierre de RONSARD

À Villequier

Maintenant que Paris, ses pavés et ses marbres,
Et sa brume et ses toits sont bien loin de mes yeux ;
Maintenant que je suis sous les branches des arbres,
Et que je puis songer à la beauté des cieux ;

Maintenant que du deuil qui m'a fait l'âme obscure
        Je sors, pâle et vainqueur,
Et que je sens la paix de la grande nature
        Qui m'entre dans le cœur ;

Maintenant que je puis, assis au bord des ondes,
Ému par ce superbe et tranquille horizon
Examiner en moi les vérités profondes
Et regarder les fleurs qui sont dans le gazon ;

Maintenant, ô mon Dieu, que j'ai ce calme sombre
        De pouvoir désormais
Voir de mes yeux la pierre où je sais que dans l'ombre
        Elle dort pour jamais ;

Maintenant qu'attendri par des divins spectacles,
Plaines, forêts, rochers, vallons, fleuve argenté,
Voyant ma petitesse et voyant vos miracles,
Je reprends ma raison devant l'immensité :

Je viens à vous, Seigneur, père auquel il faut croire ;
    Je vous porte, apaisé,
Les morceaux de ce cœur tout plein de votre gloire
    Que vous avez brisé ;

Je viens à vous, Seigneur ! confessant que vous êtes
Bon, clément, indulgent et doux, ô Dieu vivant !
Je conviens que vous seul savez ce que vous faites,
Et que l'homme n'est rien qu'un jonc qui tremble au vent ;

Je dis que le tombeau qui sur les morts se ferme
    Ouvre le firmament ;
Et que ce qu'ici-bas nous prenons pour le terme
    Est le commencement ;

Je conviens à genoux que vous seul, père auguste,
Possédez l'infini, le réel, l'absolu ;
Je conviens qu'il est bon, je conviens qu'il est juste
Que mon cœur ait saigné, puisque Dieu l'a voulu !

Je ne résiste plus à tout ce qui m'arrive
    Par votre volonté.
L'âme de deuils en deuils, l'homme de rive en rive,
    Roule à l'éternité.

Nous ne voyons jamais qu'un seul côté des choses ;
L'autre plonge en la nuit d'un mystère effrayant.
L'homme subit le joug sans connaître les causes,
Tout ce qu'il voit est court, inutile et fuyant.

Vous faites revenir toujours la solitude
    Autour de tous ses pas
Vous n'avez pas voulu qu'il eût la certitude
    Ni la joie ici-bas !

Dès qu'il possède un bien, le sort le lui retire.
Rien ne lui fut donné, dans ses rapides jours,
Pour qu'il s'en puisse faire une demeure, et dire :
C'est ici ma maison, mon champ et mes amours !

Il doit voir peu de temps tout ce que ses yeux voient.
    Il vieillit sans soutiens.
Puisque ces choses sont, c'est qu'il faut qu'elles soient ;
    J'en conviens, j'en conviens !

Le monde est sombre, ô Dieu ! l'immuable harmonie
Se compose des pleurs aussi bien que des chants ;
L'homme n'est qu'un atome en cette ombre infinie,
Nuit où montent les bons, où tombent les méchants.

Je sais que vous avez bien autre chose à faire
    Que de nous plaindre tous,
Et qu'un enfant qui meurt, désespoir de sa mère,
    Ne vous fait rien, à vous !

Je sais que le fruit tombe au vent qui le secoue
Que l'oiseau perd sa plume et la fleur son parfum ;
Que la création est une grande roue
Qui ne peut se mouvoir sans écraser quelqu'un ;

Les mois, les jours, les flots des mers, les yeux qui pleurent
    Passent sous le ciel bleu ;
Il faut que l'herbe pousse et que les enfants meurent ;
    Je le sais, ô mon Dieu !

Dans vos cieux, au-delà de la sphère des nues,
Au fond de cet azur immobile et dormant,
Peut-être faites-vous des choses inconnues
Où la douleur de l'homme entre comme élément.

Peut-être est-il utile à vos desseins sans nombre
    Que des êtres charmants
S'en aillent, emportés par le tourbillon sombre
    Des noirs événements.

Nos destins ténébreux vont sous des lois immenses
Que rien ne déconcerte et que rien n'attendrit.
Vous ne pouvez avoir de subites clémences
Qui dérangent le monde, ô Dieu, tranquille esprit !

Je vous supplie, ô Dieu, de regarder mon âme,
    Et de considérer
Qu'humble comme un enfant et doux comme une femme,
    Je viens vous adorer !

Considérez encor que j'avais, dès l'aurore,
Travaillé, combattu, pensé, marché, lutté,
Expliquant la nature à l'homme qui l'ignore,
Éclairant toute chose avec votre clarté ;

Que j'avais, affrontant la haine et la colère,
    Fait ma tâche ici-bas,
Que je ne pouvais pas m'attendre à ce salaire,
    Que je ne pouvais pas

Prévoir que, vous aussi, sur ma tête qui ploie
Vous appesantiriez votre bras triomphant
Et que, vous qui voyiez comme j'ai peu de joie,
Vous me reprendriez si vite mon enfant !

Qu'une âme ainsi frappée à se plaindre est sujette
        Que j'ai pu blasphémer,
Et vous jeter mes cris comme un enfant qui jette
        Une pierre à la mer !

Considérez qu'on doute, ô mon Dieu ! quand on souffre,
Que l'œil qui pleure trop finit par s'aveugler,
Qu'un être que son deuil plonge au plus noir du gouffre,
Quand il ne vous voit plus, ne peut vous contempler,

Et qu'il ne se peut pas que l'homme, lorsqu'il sombre
        Dans les afflictions,
Ait présent à l'esprit la sérénité sombre
        Des constellations !

Aujourd'hui, moi qui fus faible comme une mère,
Je me courbe à vos pieds devant vos cieux ouverts.
Je me sens éclairé dans ma douleur amère
Par un meilleur regard jeté sur l'univers.

Seigneur, je reconnais que l'homme est en délire
        S'il ose murmurer ;
Je cesse d'accuser, je cesse de maudire,
        Mais laissez-moi pleurer !

Hélas ! laissez les pleurs couler de ma paupière,
Puisque vous avez fait les hommes pour cela !
Laissez-moi me pencher sur cette froide pierre
Et dire à mon enfant : Sens-tu que je suis là ?

Laissez-moi lui parler, incliné sur ses restes,
    Le soir, quant tout se tait,
Comme si, dans la nuit rouvrant ses yeux célestes,
    Cet ange m'écoutait !

Hélas ! vers le passé tournant un œil d'envie,
Sans que rien ici-bas puisse m'en consoler,
Je regarde toujours ce moment de ma vie
Où je l'ai vu ouvrir son aile et s'envoler.

Je verrai cet instant jusqu'à ce que je meure,
    L'instant, pleurs superflus !
Où je criai : L'enfant que j'avais tout à l'heure,
    Quoi donc ! je ne l'ai plus !

Ne vous irritez pas que je sois de la sorte,
Ô mon Dieu ! cette plaie a si longtemps saigné !
L'angoisse dans mon âme est toujours la plus forte,
Et mon cœur est soumis, mais n'est pas résigné.

Ne vous irritez pas ! fronts que le deuil réclame,
    Mortels sujets aux pleurs,
Il nous est malaisé de retirer notre âme
    De ces grandes douleurs.

Voyez-vous, nos enfants nous sont bien nécessaires,
Seigneur ; quand on a vu dans sa vie, un matin,
Au milieu des ennuis, des peines, des misères,
Et de l'ombre que fait sur nous notre destin,

Apparaître un enfant, tête chère et sacrée,
    Petit être joyeux,
Si beau qu'on a cru voir s'ouvrir à son entrée
    Une porte des cieux ;

Quand on a vu, seize ans, de cet autre soi-même
Croître la grâce aimable et la douce raison,
Lorsqu'on a reconnu que cet enfant qu'on aime
Fait le jour dans notre âme et dans notre maison,

Que c'est la seule joie ici-bas qui persiste
    De tout ce qu'on rêva,
Considérez que c'est une chose bien triste
    De le voir qui s'en va !

Victor HUGO

Ballade des pendus

(Épitaphe Villon)

Frères humains qui après nous vivez,
N'ayez les cœurs contre nous endurcis,
Car, si pitié de nous pauvres avez,
Dieu en aura plus tôt de vous mercis.
Vous nous voyez ci attachés cinq, six :
Quant de la chair que trop avons nourrie,
Elle est piéça dévorée et pourrie,
Et nous, les os, devenons cendre et poudre.
De notre mal personne ne s'en rie :
Mais priez Dieu que tous nous veuille absoudre !

Si frères vous clamons, pas n'en devez
Avoir dédain, quoi que fûmes occis
Par justice. Toutefois, vous savez
Que tous hommes n'ont pas le sens rassis ;
Excusez-nous, puisque sommes transsis,
Envers le fils de la Vierge Marie,
Que sa grâce ne soit pour nous tarie,
Nous préservant de l'infernale foudre.
Nous sommes morts, âme ne nous harie ;
Mais priez Dieu que tous nous veuille absoudre !

La pluie nous a débués et lavés,
Et le soleil desséchés et noircis :
Pies, corbeaux nous ont les yeux cavés
Et arraché la barbe et les sourcils.
Jamais nul temps nous ne sommes assis ;
Puis çà, puis là, comme le vent varie,
À son plaisir sans cesser nous charrie,
Plus becquetés d'oiseaux que dés à coudre.
Ne soyez donc de notre confrérie ;
Mais priez Dieu que tous nous veuille absoudre !

Prince Jésus, qui sur tous a maistrie,
Garde qu'Enfer n'ait de nous seigneurie :
À lui n'ayons que faire ni que souldre.
Hommes, ici n'a point de moquerie ;
Mais priez Dieu que tous nous veuille absoudre !

François VILLON

Le dormeur du val

C'est un trou de verdure où chante une rivière
Accrochant follement aux herbes des haillons
D'argent ; où le soleil, de la montagne fière,
Luit : c'est un petit val qui mousse de rayons.

Un soldat jeune, bouche ouverte, tête nue,
Et la nuque baignant dans le frais cresson bleu,
Dort ; il est étendu dans l'herbe, sous la nue,
Pâle dans son lit vert où la lumière pleut.

Les pieds dans les glaïeuls, il dort. Souriant comme
Sourirait un enfant malade, il fait un somme :
Nature, berce-le chaudement : il a froid.

Les parfums ne font pas frissonner sa narine ;
Il dort dans le soleil, la main sur sa poitrine
Tranquille. Il a deux trous rouges au côté droit.

Arthur RIMBAUD

La mort du loup

Les nuages couraient sur la lune enflammée
Comme sur l'incendie on voit fuir la fumée,
Et les bois étaient noirs jusques à l'horizon.
— Nous marchions, sans parler, dans l'humide gazon,
Dans la bruyère épaisse et dans les hautes brandes,
Lorsque, sous des sapins pareils à ceux des Landes,
Nous avons aperçu les grands ongles marqués
Par les Loups voyageurs que nous avions traqués.
Nous avons écouté, retenant notre haleine
Et le pas suspendu. — Ni le bois ni la plaine
Ne poussaient un soupir dans les airs ; seulement
La girouette en deuil criait au firmament ;
Car le vent, élevé bien au-dessus des terres,
N'effleurait de ses pieds que les tours solitaires,
Et les chênes d'en bas, contre les rocs penchés,
Sur leurs coudes semblaient endormis et couchés.
— Rien ne bruissait donc, lorsque, baissant la tête,
Le plus vieux des chasseurs qui s'étaient mis en quête
A regardé le sable en s'y couchant ; bientôt,
Lui que jamais ici on ne vit en défaut,
A déclaré tout bas que ces marques récentes
Annonçaient la démarche et les griffes puissantes
De deux grands Loups-cerviers et de deux louveteaux.
Nous avons tous alors préparé nos couteaux
Et cachant nos fusils et leurs lueurs trop blanches,
Nous allions pas à pas, en écartant les branches.

Trois s'arrêtent, et moi, cherchant ce qu'ils voyaient,
J'aperçois tout à coup deux yeux qui flamboyaient,
Et je vois au-delà quatre formes légères
Qui dansaient sous la lune au milieu des bruyères,
Comme font chaque jour, à grand bruit, sous nos yeux,
Quand le maître revient, les lévriers joyeux.
Leur forme était semblable et semblable la danse ;
Mais les enfants du Loup se jouaient en silence,
Sachant bien qu'à deux pas, ne dormant qu'à demi,
Se couche dans ses murs l'homme, leur ennemi.
Le père était debout, et plus loin, contre un arbre,
Sa Louve reposait comme celle de marbre
Qu'adoraient les Romains, et dont les flancs velus
Couvraient les demi-dieux Rémus et Romulus.
Le loup vient et s'assied, les deux jambes dressées
Par leurs ongles crochus dans le sable enfoncées.
Il est jugé perdu, puisqu'il était surpris,
Sa retraite coupée et tous ses chemins pris ;
Alors il a saisi, dans sa gueule brûlante,
Du chien le plus hardi la gorge pantelante
Et n'a plus desserré ses mâchoires de fer,
Malgré nos coups de feu qui traversaient sa chair
Et nos couteaux aigus qui, comme des tenailles,
Se croisaient en plongeant dans ses larges entrailles,
Jusqu'au dernier moment où le chien étranglé,
Mort longtemps avant lui, sous ses pieds a roulé.
Le Loup le quitte alors et puis il nous regarde.
Les couteaux lui restaient au flanc jusqu'à la garde,
Le clouaient au gazon tout baigné de son sang ;
Nos fusils l'entouraient en sinistre croissant.
— Il nous regarde encore, ensuite il se recouche

Tout en léchant le sang répandu sur sa bouche,
Et, sans daigner savoir comment il a péri,
Refermant ses grands yeux, meurt sans jeter un cri.

II

J'ai reposé mon front sur mon fusil sans poudre,
Me prenant à penser, et n'ai pu me résoudre
À poursuivre sa Louve et ses fils qui, tous trois,
Avaient voulu l'attendre, et, comme je le crois,
Sans ses deux Louveteaux la belle et sombre veuve
Ne l'eût pas laissé seul subir la grande épreuve ;
Mais son devoir était de les sauver, afin
De pouvoir leur apprendre à bien souffrir la faim,
À ne jamais entrer dans le pacte des villes
Que l'homme a fait avec les animaux serviles
Qui chassent devant lui, pour avoir le coucher,
Les premiers possesseurs du bois et du rocher.

III

Hélas ! ai-je pensé, malgré ce grand nom d'Hommes,
Que j'ai honte de nous, débiles que nous sommes !
Comment on doit quitter la vie et tous ses maux,
C'est vous qui le savez, sublimes animaux !

À voir ce que l'on fut sur terre et ce qu'on laisse,
Seul le silence est grand ; tout le reste est faiblesse.
— Ah ! je t'ai bien compris, sauvage voyageur,
Et ton dernier regard m'est allé jusqu'au cœur !
Il disait : « Si tu peux, fais que ton âme arrive,
À force de rester studieuse et pensive,
Jusqu'à ce haut degré de stoïque fierté
Où, naissant dans les bois, j'ai tout d'abord monté.
Gémir, pleurer, prier est également lâche,
Fais énergiquement ta longue et lourde tâche,
Dans la voie où le sort a voulu t'appeler.
Puis après, comme moi, souffre et meurs sans parler. »

Alfred de VIGNY

La nuit de décembre

(extraits)

Du temps que j'étais écolier,
Je restais un soir à veiller
Dans notre salle solitaire.
Devant ma table vint s'asseoir
Un pauvre enfant vêtu de noir,
Qui me ressemblait comme un frère

Son visage était triste et beau.
À la lueur de mon flambeau,
Dans mon livre ouvert il vint lire.
Il pencha son front sur ma main,
Et resta jusqu'au lendemain,
Pensif, avec un doux sourire.

Comme j'allais avoir quinze ans,
Je marchais un jour à pas lents,
Dans un bois, sur une bruyère.
Au pied d'un arbre vint s'asseoir
Un jeune homme vêtu de noir,
Qui me ressemblait comme un frère.

Je lui demandai mon chemin ;
Il tenait un luth d'une main,
De l'autre un bouquet d'églantine.
Il me fit un salut ami,
Et, se détournant à demi,
Me montra du doigt la colline.

À l'âge où l'on croit à l'amour,
J'étais seul dans ma chambre un jour,
Pleurant ma première misère.
Au coin de mon feu vint s'asseoir
Un étranger vêtu de noir,
Qui me ressemblait comme un frère.

Il était morne et soucieux ;
D'une main il montrait les cieux,
Et de l'autre il tenait un glaive.
De ma peine il semblait souffrir,
Mais il ne poussa qu'un soupir.
Et s'évanouit comme un rêve.

À l'âge où l'on est libertin,
Pour boire un toast en un festin,
Un jour je soulevai mon verre.

En face de moi vint s'asseoir
Un convive vêtu de noir,
Qui me ressemblait comme un frère

Il secouait sous son manteau
Un haillon de pourpre en lambeau.
Sur sa tête un myrte stérile.
Son bras maigre cherchait le mien,
Et mon verre, en touchant le sien,
Se brisa dans ma main débile.

Un an après, il était nuit,
J'étais à genoux près du lit
Où venait de mourir mon père.
Au chevet du lit vint s'asseoir
Un orphelin vêtu de noir
Qui me ressemblait comme un frère.

Ses yeux étaient noyés de pleurs ;
Comme les anges de douleurs,
Il était couronné d'épine ;
Son luth à terre était gisant,
Sa pourpre de couleur de sang,
Et son glaive dans sa poitrine.

Je m'en suis si bien souvenu,
Que je l'ai toujours reconnu
À tous les instants de ma vie.
C'est une étrange vision,
Et cependant, ange ou démon,
J'ai vu partout cette ombre amie.

...

Qui donc es-tu, spectre de ma jeunesse,
    Pèlerin que rien n'a lassé ?
Dis-moi pourquoi je te trouve sans cesse
    Assis dans l'ombre où j'ai passé.
Qui donc es-tu, visiteur solitaire,
    Hôte assidu de mes douleurs ?
Qu'as-tu donc fait pour me suivre sur terre ?
Qui donc es-tu, qui donc es-tu, mon frère,
    Qui n'apparais qu'au jour de pleurs ?

Qui donc es-tu — Tu n'es pas mon bon ange ;
    Jamais tu ne viens m'avertir.
Tu vois mes maux (c'est une chose étrange !)
    Et tu me regardes souffrir.
Depuis vingt ans tu marches dans ma voie
    Et je ne saurais t'appeler.
Qui donc es-tu, si c'est Dieu qui t'envoie ?
Tu me souris sans partager ma joie.
    Tu me plains sans me consoler !

...

220

LA VISION

— Ami, notre père est le tien.
Je ne suis ni l'ange gardien,
Ni le mauvais destin des hommes.
Ceux que j'aime, je ne sais pas
De quel côté s'en vont leurs pas
Sur ce peu de fange où nous sommes

Je ne suis ni dieu ni démon,
Et tu m'as nommé par mon nom
Quand tu m'as appelé ton frère ;
Où tu vas, j'y serai toujours,
Jusques au dernier de tes jours,
Où j'irai m'asseoir sur ta pierre.

Le ciel m'a confié ton cœur.
Quand tu seras dans la douleur,
Viens à moi sans inquiétude.
Je te suivrai sur le chemin ;
Mais je ne puis toucher ta main,
Ami, je suis la Solitude.

Alfred de MUSSET

Le chêne et le roseau

Le chêne un jour dit au roseau :
« Vous avez bien sujet d'accuser la nature ;
Un roitelet pour vous est un pesant fardeau ;
    Le moindre vent qui d'aventure
    Fait rider la face de l'eau,
    Vous oblige à baisser la tête,
Cependant que mon front, au Caucase pareil,
Non content d'arrêter les rayons du soleil,
    Brave l'effort de la tempête.
Tout vous est aquilon, tout me semble zéphyr.
Encor si vous naissiez à l'abri du feuillage
    Dont je couvre le voisinage,
    Vous n'auriez pas tant à souffrir :
    Je vous défendrais de l'orage ;
    Mais vous naissez le plus souvent
Sur les humides bords des royaumes du vent.
La nature envers vous me semble bien injuste.
— Votre compassion, lui répondit l'arbuste,
Part d'un bon naturel ; mais quittez ce souci :
    Les vents me sont moins qu'à vous redoutables ;
Je plie, et ne romps pas. Vous avez jusqu'ici
    Contre leurs coups épouvantables
    Résisté sans courber le dos ;
Mais attendons la fin. » Comme il disait ces mots,
Du bout de l'horizon accourt avec furie

Le plus terrible des enfants
Que le Nord eût portés jusque-là dans ses flancs.
    L'arbre tient bon ; le roseau plie.
    Le vent redouble ses efforts,
        Et fait si bien qu'il déracine
Celui de qui la tête au ciel était voisine,
Et dont les pieds touchaient à l'empire des morts.

Jean de LA FONTAINE

Les erreurs

(La première voix est ténorisante, maniérée, prétentieuse ;
l'autre est rauque, cynique et dure.)

Je suis ravi de vous voir
bel enfant vêtu de noir.

— Je ne suis pas un enfant
je suis un gros éléphant.

Quelle est cette femme exquise
qui savoure des cerises ?

— C'est un marchand de charbon
qui s'achète du savon.

— Ah ! que j'aime entendre à l'aube
roucouler cette colombe !

— C'est un ivrogne qui boit
dans sa chambre sous le toit.

Mets ta main dans ma main tendre
je t'aime ô ma fiancée !

— Je n'suis point vot'fiancée
je suis vieille et j'suis pressée
laissez-moi passer !

Jean TARDIEU

Monsieur

Je vous dis de m'aider,
Monsieur est lourd.
Je vous dis de crier,
Monsieur est sourd.
Je vous dis d'expliquer,
Monsieur est bête.
Je vous dis d'embarquer,
Monsieur regrette.
Je vous dis de l'aimer,
Monsieur est vieux.
Je vous dis de prier,
Monsieur est Dieu.
Éteignez la lumière,
Monsieur s'endort.
Je vous dis de vous taire,
Monsieur est mort.

NORGE

La môme néant

*(Voix de marionnette, voix de fausset,
aiguë, nasillarde, cassée, cassante,
caquetante, édentée.)*

Quoi qu'a dit ?
— A dit rin.

Quoi qu'a fait ?
— A fait rin.

À quoi qu'a pense ?
— À pense à rin.

Pourquoi qu'a dit rin ?
Pourquoi qu'a fait rin ?
Pourquoi qu'a pense à rin ?

— A' xiste pas.

Jean TARDIEU

Ballade à la requête de sa mère
pour prier Notre-Dame

Dame du ciel, régente terrienne,
Emperière des infernaux palus,
Recevez-moi, votre humble chrétienne,
Que comprise soye entre vos élus,
Ce nonobstant qu'onques rien ne valus.
Les biens de vous, ma dame et ma maîtresse,
Sont trop plus grands que ne suis pécheresse,
Sans lesquels biens âme ne peut mérir
N'avoir les cieux ; je n'en suis jangleresse :
En cette foi je veux vivre et mourir.

À votre Fils dites que je suis sienne,
De lui soient mes péchés abolus ;
Pardonnez-moi comme à l'Égyptienne,
Ou comme il fit au clerc Théophilus,
Lequel par vous fut quitte et absolus,
Combien qu'il eût au diable fait promesse.
Préservez-moi que fasse jamais ce,
Vierge portant, sans pécher ni faillir,
Le Sacrement qu'on célèbre à la messe :
En cette foi je veux vivre et mourir.

Femme je suis pauvrette et ancienne
Qui rien ne sais, onques lettre ne lus ;
Au moutier vois, dont suis paroissienne,
Paradis peint, où sont harpes et luths,
Et un enfer où damnés sont boullus :
L'un me fait peur, l'autre joie et liesse ;
La joie avoir me fais, haute Déesse,
À qui pécheurs doivent tous recourir,
Comblés de foi, sans feinte ni paresse :
En cette foi je veux vivre et mourir.

V ous portâtes, douce Vierge, princesse,
I ésus régnant, qui n'a ni fin ni cesse :
L e Tout-Puissant, prenant notre faiblesse,
L aissa les cieux et nous vint secourir,
O ffrit à mort sa très chère jeunesse ;
N otre Seigneur tel est, tel le confesse :
En cette foi je veux vivre et mourir.

François VILLON

Prière pour aller au
paradis avec les ânes

Lorsqu'il faudra aller vers vous, ô mon Dieu, faites
que ce soit par un jour où la campagne en fête
poudroiera. Je désire, ainsi que je fis ici-bas,
choisir un chemin pour aller, comme il me plaira,
au Paradis, où sont en plein jour les étoiles.
Je prendrai mon bâton et sur la grande route
j'irai, et je dirai aux ânes, mes amis :
Je suis Francis Jammes et je vais au Paradis,
car il n'y a pas d'enfer au pays du Bon Dieu.
Je leur dirai : Venez, doux amis du ciel bleu,
pauvres bêtes chéries qui, d'un brusque mouvement
                                    [d'oreille,
chassez les mouches plates, les coups et les abeilles...

Que je Vous apparaisse au milieu de ces bêtes
que j'aime tant parce qu'elles baissent la tête
doucement, et s'arrêtent en joignant leurs petits pieds
d'une façon bien douce et qui vous fait pitié.
J'arriverai suivi de leurs milliers d'oreilles,
suivi de ceux qui portèrent au flanc des corbeilles,
de ceux traînant des voitures de saltimbanques
ou des voitures de plumeaux et de fer-blanc,
de ceux qui ont au dos des bidons bossués,
des ânesses pleines comme des outres, aux pas cassés,
de ceux à qui l'on met de petits pantalons
à cause des plaies bleues et suintantes que font
les mouches entêtées qui s'y groupent en ronds.
Mon Dieu, faites qu'avec ces ânes je Vous vienne.

Faites que, dans la paix, des anges nous conduisent
vers des ruisseaux touffus où tremblent des cerises
lisses comme la chair qui rit des jeunes filles,
et faites que, penché dans ce séjour des âmes,
sur vos divines eaux, je sois pareil aux ânes
qui mireront leur humble et douce pauvreté
à la limpidité de l'amour éternel.

Francis JAMMES

Le cimetière marin

Ce toit tranquille, où marchent des colombes,
Entre les pins palpite, entre les tombes ;
Midi le juste y compose de feux
La mer, la mer, toujours recommencée !
Ô récompense après une pensée
Qu'un long regard sur le calme des dieux !

Quel pur travail de fins éclairs consume
Maint diamant d'imperceptible écume,
Et quelle paix semble se concevoir !
Quand sur l'abîme un soleil se repose,
Ouvrages purs d'une éternelle cause,
Le Temps scintille et le Songe est savoir.

Stable trésor, temple simple à Minerve,
Masse de calme et visible réserve,
Eau sourcilleuse, Œil qui gardes en toi
Tant de sommeil sous un voile de flamme,
Ô mon silence !... Édifice dans l'âme,
Mais comble d'or aux mille tuiles, Toit !

Temple du Temps, qu'un seul soupir résume,
À ce point pur je monte et m'accoutume,
Tout entouré de mon regard marin ;

Et comme aux dieux mon offrande suprême,
La scintillation sereine sème
Sur l'altitude un dédain souverain.

Comme le fruit se fond en jouissance,
Comme en délice il change son absence
Dans une bouche où la forme se meurt,
Je hume ici ma future fumée,
Et le ciel chante à l'âme consumée
Le changement des rives en rumeur.

Beau ciel, vrai ciel, regarde-moi qui change !
Après tant d'orgueil, après tant d'étrange
Oisiveté, mais pleine de pouvoir,
Je m'abandonne à ce brillant espace,
Sur les maisons des morts mon ombre passe
Qui m'apprivoise à son frêle mouvoir.

L'âme exposée aux torches du solstice,
Je te soutiens, admirable justice
De la lumière aux armes sans pitié !
Je te rends pure à ta place première :
Regarde-toi !... Mais rendre la lumière
Suppose d'ombre une morne moitié.

Ô pour moi seul, à moi seul, en moi-même,
Auprès d'un cœur, aux sources du poème,
Entre le vide et l'événement pur,
J'attends l'écho de ma grandeur interne,
Amère, sombre et sonore citerne,
Sonnant dans l'âme un creux toujours futur !

Sais-tu, fausse captive des feuillages,
Golfe mangeur de ces maigres grillages,
Sur mes yeux clos, secrets éblouissants,
Quel corps me traîne à sa fin paresseuse,
Quel front l'attire à cette terre osseuse ?
Une étincelle y pense à mes absents.

Fermé, sacré, plein d'un feu sans matière,
Fragment terrestre offert à la lumière,
Ce lieu me plaît, dominé de flambeaux,
Composé d'or, de pierre et d'arbres sombres,
Où tant de marbre est tremblant sur tant d'ombres ;
La mer fidèle y dort sur mes tombeaux !

Chienne splendide, écarte l'idolâtre !
Quand solitaire au sourire de pâtre,
Je pais longtemps, moutons mystérieux,
Le blanc troupeau de mes tranquilles tombes,
Éloignes-en les prudentes colombes,
Les songes vains, les anges curieux !

Ici venu, l'avenir est paresse.
L'insecte net gratte la sécheresse ;
Tout est brûlé, défait, reçu dans l'air
A je ne sais quelle sévère essence...
La vie est vaste, étant ivre d'absence,
Et l'amertume est douce, et l'esprit clair.

Les morts cachés sont bien dans cette terre
Qui les réchauffe et sèche leur mystère.
Midi là-haut, Midi sans mouvement
En soi se pense et convient à soi-même...
Tête complète et parfait diadème,
Je suis en toi le secret changement.

Tu n'as que moi pour contenir tes craintes !
Mes repentirs, mes doutes, mes contraintes
Sont le défaut de ton grand diamant...
Mais dans leur nuit toute lourde de marbres,
Un peuple vague aux racines des arbres
A pris déjà ton parti lentement.

Ils ont fondu dans une absence épaisse,
L'argile rouge a bu la blanche espèce,
Le don de vivre a passé dans les fleurs !
Où sont des morts les phrases familières,
L'art personnel, les âmes singulières ?
La larve file où se formaient des pleurs.

Les cris aigus des filles chatouillées,
Les yeux, les dents, les paupières mouillées,
Le sein charmant qui joue avec le feu,
Le sang qui brille aux lèvres qui se rendent,
Les derniers dons, les doigts qui les défendent,
Tout va sous terre et rentre dans le jeu !

Et vous, grande âme, espérez-vous un songe
Qui n'aura plus ces couleurs de mensonge
Qu'aux yeux de chair l'onde et l'or font ici ?
Chanterez-vous quand serez vaporeuse ?
Allez ! Tout fuit ! Ma présence est poreuse,
La sainte impatience meurt aussi !

Maigre immortalité noire et dorée,
Consolatrice affreusement laurée,
Qui de la mort fait un sein maternel,
Le beau mensonge et la pieuse ruse !
Qui ne connaît, et qui ne les refuse,
Ce crâne vide et ce rire éternel !

Pères profonds, têtes inhabitées,
Qui sous le poids de tant de pelletées,
Êtes la terre et confondez nos pas,
Le vrai rongeur, le ver irréfutable
N'est point pour vous qui dormez sous la table,
Il vit de vie, il ne me quitte pas !

Amour, peut-être, ou de moi-même haine ?
Sa dent secrète est de moi si prochaine
Que tous les noms lui peuvent convenir !
Qu'importe ! Il voit, il veut, il songe, il touche !
Ma chair lui plaît, et jusque sur ma couche,
À ce vivant je vis d'appartenir !

Zénon ! Cruel Zénon ! Zénon d'Élée !
M'as-tu percé de cette flèche ailée
Qui vibre, vole, et qui ne vole pas !
Le son m'enfante et la flèche me tue !
Ah ! le soleil... Quelle ombre de tortue
Pour l'âme, Achille immobile à grands pas !

Non, non !... Debout ! Dans l'ère successive !
Brisez, mon corps, cette forme pensive !
Buvez, mon sein, la naissance du vent !
Une fraîcheur, de la mer exhalée,
Me rend mon âme... Ô puissance salée !
Courons à l'onde en rejaillir vivant !

Oui ! Grande mer de délires douée,
Peau de panthère et chlamyde trouée
De mille et mille idoles de soleil,
Hydre absolue, ivre de ta chair bleue,
Qui te remords l'étincelante queue
Dans un tumulte au silence pareil,

Le vent se lève !... Il faut tenter de vivre !
L'air immense ouvre et referme mon livre,
La vague en poudre ose jaillir des rocs !
Envolez-vous, pages tout éblouies !
Rompez, vagues ! Rompez d'eaux réjouies
Ce toit tranquille où picoraient des focs !

Paul VALÉRY

Les poètes des cent plus beaux poèmes

APOLLINAIRE Guillaume, Albert, Vladimir, Apollinaire de Kostro-witsky, dit Guillaume (Rome, 1880-Paris, 1918).

Fils naturel d'un officier italien, Guillaume Apollinaire fut élevé par sa mère. Ses études terminées, il devint précepteur, puis employé de banque à Paris. Un amour malheureux lui inspira sa *Chanson du Mal-Aimé* (1909).

Il se consacra bientôt à la littérature et à la critique artistique. Ami des peintres Picasso, Braque, Matisse, etc., il fit connaître le cubisme, le futurisme. La rupture de sa liaison avec Marie Laurencin lui inspira *Le Pont Mirabeau* (1912).

Après *Le Bestiaire ou Cortège d'Orphée* (1911), il publia *Alcools* (1913), un important recueil de poèmes ouvrant « le modernisme » : la ponctuation est supprimée au bénéfice du chant, du lyrisme, de l'image.

Engagé volontaire à la déclaration de la guerre (1914), naturalisé Fran-çais, il fut blessé et trépané. Il mourut de la grippe le 9 novembre 1918, et fut enterré le jour de l'armistice, le 11 novembre.

Il fut l'inventeur du mot « surréalisme ».
19, 38, 86, 105, 134, 139.

ARAGON Louis (Paris, 1897-1982).

Jusqu'en 1917 (il allait être mobilisé), Louis Aragon crut que sa mère était sa sœur. Il était le fils naturel de Louis Andrieux, Préfet de police, puis député.

Après la guerre de 1914-1918, Louis Aragon se consacra à la littéra-ture. Avec d'autres poètes (comme André Breton et Philippe Soupault), il fut l'un des créateurs du surréalisme (à partir de 1923) avant de s'en séparer et d'adhérer au Parti communiste.

Pendant la Deuxième Guerre mondiale (1939-1945) et l'occupation allemande, il devint l'un des principaux poètes de la Résistance (*Le Musée Grévin,* 1943). Il écrivit de nombreux poèmes d'amour pour sa femme, Elsa Triolet (*Les Yeux d'Elsa,* 1942 ; *Elsa,* 1959 ; *Le Fou d'Elsa,* 1963 ; etc.).

Sa poésie a retrouvé la versification traditionnelle, chant, rythme, incantation. De nombreux poèmes de Louis Aragon sont devenus des chansons.
167.

---

* Ces nombres renvoient aux pages du présent volume.

BAUDELAIRE Charles (Paris, 1821-1867).

Orphelin de père à six ans, Charles Baudelaire souffrit du remariage de sa mère avec un officier, le commandant puis général Aupick (qui devint plus tard ambassadeur puis sénateur).

Après des études de droit et un voyage vers la Réunion, en 1841, Charles Baudelaire vécut à Paris en dilapidant sa fortune personnelle — ce qui lui valut d'être placé sous un conseil judiciaire (1844). Révolté, il participa à la Révolution de 1848.

Traducteur des *Histoires extraordinaires* d'Edgar Poe, critique artistique, il publia son recueil des *Fleurs du mal* en 1857, l'année de la mort du général Aupick. L'auteur et l'éditeur furent condamnés pour outrage à la morale publique. Ils durent retirer six poèmes du recueil. Il fallut attendre 1949 pour que le jugement fût réformé.

Mais la postérité n'attendit pas si longtemps pour reconnaître l'un de nos plus grands poètes : il a exprimé des sentiments forts, profonds, sa souffrance, ses espoirs, sa mélancolie, en des chefs-d'œuvre poétiques.

Frappé d'une attaque d'apoplexie en Belgique (1866), il fut ramené à Paris, hémiplégique et aphasique. Il mourut un an plus tard.

39, 48, 70, 101, 107, 108.

BELLAY Joachim du (Liré, 1522-1560).

Ayant rencontré Ronsard, par hasard, dans une hostellerie, en 1547, du Bellay le suivit à Paris, où il fut l'élève du célèbre Dorat — et il publia son premier recueil de sonnets, *L'Olive* (1549).

Il rédigea la *Défense et illustration de la langue française,* et il fit partie d'un groupe de jeunes poètes, la Brigade, puis la Pléiade.

Après un séjour à Rome, comme secrétaire de son cousin le cardinal Jean du Bellay, de 1553 à 1557, il revint en France et publia plusieurs recueils : *Les Antiquités de Rome, Divers Jeux rustiques, Les Regrets.* Atteint de fâcheuses infirmités (dont une surdité profonde, comme Ronsard), il mourut à trente-sept ans.

Malgré la versification savante de ses sonnets et une certaine afféterie, sa poésie exprime souvent une émotion qui nous touche encore.

16, 188.

CADOU René Guy (Sainte-Reine-de-Bretagne, 1920-Louisfert, 1951).

Fils d'instituteur, instituteur lui-même, Cadou a toujours uni l'enfance et la poésie. Orphelin de mère à douze ans, il publia son premier recueil en 1938.

Il fut l'un des créateurs de « L'École de Rochefort » (sur-Loire) ; en réalité, ce fut un groupe de poètes amis beaucoup plus qu'une école (même « buissonnière », comme il disait).

Il consacra à sa femme l'un des plus beaux recueils de notre siècle, *Hélène ou le Règne végétal*. Il mourut à trente et un ans, laissant une œuvre magistrale qui chante la beauté du monde et son mystère (*Œuvres complètes*, 1977).

Avec modestie, sans tapage, Cadou a écrit une œuvre majeure car elle continue d'inspirer le courant le plus fécond de la poésie vivante.

31, 103.

CARÊME Maurice (Wavre, Belgique, 1899-Bruxelles, 1978).

D'abord instituteur, le poète belge Maurice Carême se consacra uniquement à la littérature à partir de 1942. Son œuvre abondante comprend bien des poèmes destinés à l'enfance (*La Lanterne magique,* 1947 ; *L'Arlequin,* 1970 ; *Au clair de la lune,* 1977 ; etc.), mais on y trouve aussi des textes graves et parfois tragiques (*Brabant,* 1967 ; *Complaintes,* 1975) toujours dans une versification exacte. Attentifs aux êtres et aux choses de la nature, ses poèmes ont rencontré le succès ; ils ont souvent été mis en musique (*Les Chansons de Maurice Carême,* 1985).

De nombreux poèmes de Maurice Carême font appel au merveilleux et au fantastique. Sa poésie naît de l'alliance de la simplicité de l'écriture et du mystère suggéré.

17, 113.

CENDRARS Frédéric Sauser, dit Blaise (La Chaux-de-Fond, Suisse, 1887-Paris, 1961).

Après une enfance et une adolescence vagabondes, il écrivit de longs poèmes, *Les Pâques à New York* (1912) et *La Prose du Transsibérien* (1913) qui constituèrent le début de la poésie « moderne » (comme *Alcools* d'Apollinaire).

Suisse, il s'engagea dans la Légion étrangère française dès le début de la guerre contre l'Allemagne en 1914. Grièvement blessé, il dut être amputé du bras droit (1915).

Tout en poursuivant de nombreux voyages à travers le monde, il devint un écrivain célèbre : romancier (*L'Or,* 1925 ; *Moravagine,* 1926 ; etc.) et poète (*Documentaires, Feuilles de route,* 1924 ; etc.).

173.

CHAR René (L'Isle-sur-la-Sorgue, 1907-1988).

Orphelin de père à neuf ans, René Char fit paraître son premier recueil dès 1928 (*Les Cloches du cœur*). Il vint à Paris où il rejoignit le groupe surréaliste, participant à *Ralentir travaux* avec André Breton et Paul Éluard (1930). Il publia *Le Marteau sans maître* en 1934.

Pendant la Deuxième Guerre mondiale (1939-1945), sous le pseudonyme de Capitaine Alexandre, il dirigea la Résistance des Basses-Alpes.

Ses œuvres publiées après cette guerre imposèrent son style dense, elliptique (*Fureur et Mystère*, 1948). Refusant les prestiges de la versification traditionnelle, sa poésie est proche de la méditation, elle touche à la philosophie (*Les Matinaux*, 1950 ; *Fenêtres dormantes et portes sur le toit*, 1979).

88.

CHARLES D'ORLÉANS (1394-1465).

Par la grâce de quelques rondeaux écrits voilà cinq cents ans, la poésie de Charles d'Orléans est restée vivante. Souvent charmante et gracieuse, parfois mélancolique, elle fut l'œuvre d'un poète à la vie difficile : sa jeune femme mourut, son père fut assassiné par les Bourguignons, il fut fait prisonnier à Azincourt, en 1415 (il avait vingt et un ans) — et il resta vingt-cinq ans captif en Angleterre où il écrivit des poèmes qui en font l'un de nos plus grands écrivains, même si sa langue a beaucoup vieilli pour nous (*Chansons, Rondeaux et Ballades*).

De retour en France en 1440, il se remaria avec Marie de Clèves. L'un de leurs enfants devint le roi Louis XII.

14.

CHARPENTREAU Jacques (Les Sables-d'Olonne, 1928).

Auteur d'une vingtaine de recueils (*Le Romancero populaire*, 1974 ; *La Fugitive*, 2000 ; etc.) dont certains à l'intention des enfants (*La Ville enchantée*, 1976 ; *Les cent plus belles devinettes*, 1983, Prix de la Fondation de France ; etc). Il dirige des collections de poésie. Il est président de la Maison de Poésie-Fondation Émile Blémont.

43.

CORBIÈRE Édouard Joachim, dit Tristan (Morlaix, 1845-1875).

Après une enfance heureuse, la maladie (rhumatismes et tuberculose) rendit difficile l'adolescence de Tristan Corbière. Habitant Roscoff, il naviguait sur son bateau *Le Négrier* (du nom d'un roman célèbre de son père, Édouard Corbière, 1793-1875).

Il fit publier à ses frais, à Paris, son recueil des *Amours jaunes* (1873). Il revint mourir à Morlaix à trente ans.

C'est Verlaine qui, dans ses *Poètes maudits* (1884), attira l'attention sur cet écrivain dont le burlesque laisse apparaître une émotion profonde. L'humour est ici la marque de la pudeur.
198.

CROS Hortensius Émile Charles, dit Charles (Fabrezan, 1842-Paris, 1888).

Ce fut son père (instituteur démissionnaire antibonapartiste) qui assura son instruction (encyclopédique), et qui le mena au baccalauréat à seize ans : il fut poète et inventeur.

Sans réaliser ses inventions, il découvrit le principe du télégraphe automatique, la photographie des couleurs, le phonographe (1877).

Le poète publia *Le Coffret de santal* en 1873, un recueil auquel la fantaisie, l'humour, la provocation donnent une coloration très moderne. *Le Collier de griffes* fut publié vingt ans après sa mort.
26.

DESBORDES-VALMORE Marceline Félicie Josèphe Desbordes, dite Marceline (Douai, 1786-Paris, 1859).

Après un voyage mouvementé en Guadeloupe révoltée (où sa mère mourut en 1802), Marceline, de retour en France où elle fut cantatrice et comédienne, épousa le comédien Valmore (1817). Elle mena une vie difficile, pleine de souffrances, malgré son amour pour ses enfants, marquée par des deuils cruels (sœur, enfants, amis). Ayant abandonné le théâtre, elle écrivit des poèmes où s'exprimait son âme sensible : *Élégies et romances* (1818), *Poésies nouvelles* (1824), *Les Pleurs* (1833), *Bouquets et prières* (1843).

Les plus grands écrivains de son temps (Hugo, Lamartine, Dumas, Baudelaire, etc.) reconnurent la valeur de son œuvre, saluée aussi bien, ensuite, par Verlaine, que par Aragon.
15.

DESNOS Robert (Paris, 1900-Camp de Terezin, Tchécoslovaquie, 1945).

Né et élevé dans le quartier populaire des Halles (alors au cœur de Paris), Robert Desnos fit partie du groupe surréaliste de 1922 à 1930 et sa fantaisie, son imagination, ses trouvailles de mots et d'images explosent dans ses recueils de poèmes, *Deuil pour deuil* (1924), *La Liberté ou l'amour* (1927), *Corps et biens* (1930), etc. Il était alors responsable d'émissions de radio, et il écrivait d'amusants slogans publicitaires.

Pendant la guerre (1939-1945) et l'occupation allemande, il participa à la Résistance. Arrêté, il fut déporté, et il mourut au camp de Terezin.

Il est l'un des plus grands poètes du XXe siècle. Il a écrit des poèmes pour enfants, dont les célèbres *Chantefables et Chantefleurs* (1945).

L'insolite est une composante essentielle du surréalisme ; chez Robert Desnos, il touche souvent au merveilleux.

20, 42, 46.

ÉLUARD Paul (Saint-Denis, 1895-Charenton-le-Pont, 1952).

L'un des fondateurs du surréalisme.

Après un séjour en sanatorium (à partir de 1911), il fit la guerre comme infirmier et fantassin. Il publia ses premiers recueils (*Le Devoir et l'inquiétude,* 1917).

Il participa au dadaïsme, puis au surréalisme. Il adhéra au Parti communiste, le quitta, y revint en 1942, pendant la Deuxième Guerre mondiale

Entre les deux guerres, il publia des recueils essentiels (*Capitale de la douleur,* 1926 ; *L'Amour la poésie,* 1929 ; *Les Yeux fertiles,* 1930 ; etc.).

Sa poésie, très moderne de forme, est cependant reconnaissable immédiatement par un ton très personnel, des images insolites, des ruptures, une liberté d'écriture totale.

Il participa à la Résistance à l'occupation allemande ; il écrivit notamment le célèbre poème *Liberté*. Mais il a su en outre chanter merveilleusement l'amour (*Le Phénix,* 1951).

77, 138, 162.

FOMBEURE Maurice (Jardres, 1906-La Verrière, 1981).

Orphelin de mère, il fut élevé par ses grands-parents dans le Poitou, puis il devint professeur — et poète (*Silence sur le toit,* 1930 ; *Les Moulins de la parole,* 1936 ; etc.).

En dehors du surréalisme, il écrivit une poésie robuste, plaisante, bien accordée à son terroir poitevin natal et proche de la chanson (*À dos d'oiseau,* 1944 ; *Arentelles,* 1945 ; *À chat petit,* 1967 ; etc.).

24.

FORT Paul (Reims, 1872-Argenlieu, 1960).

Après avoir fondé le Théâtre d'art (1890), Paul Fort écrivit des poèmes (*Premières choses,* 1894) et il anima diverses revues à la fin du XIXᵉ siècle (dont *La Plume* et *Vers et proses*).

Mais la publication du premier volume de ses *Ballades françaises* (1896) marqua le vrai début de son œuvre poétique, une quarantaine de volumes sous ce même titre, publiés jusqu'en 1958. Les *Ballades* sont disposées comme des « poèmes en prose » mais ce sont bien des poèmes rythmés, rimés ou assonancés, avec quelques licences permettant de suivre avec souplesse toutes les variations d'un style proche de la langue parlée quand il le faut.

Certains de ces poèmes sont devenus très populaires, comme la célèbre *Ronde autour du monde.*

Il fut élu « Prince des poètes » en 1912.

34, 50, 123, 197.

GUILLEVIC Eugène (Carnac, 1907-Paris, 1997).

Malgré une adolescence vécue dans l'Est de la France, Guillevic a voulu rester fidèle à sa Bretagne natale, ce pays *terraqué* qui lui a inspiré bien des poèmes (*Carnac,* 1961). Il mena une carrière de fonctionnaire sans jamais abandonner la poésie, Pendant l'occupation allemande (1940-1944), il participa au recueil clandestin de *L'Honneur des poètes.*

Sa poésie, depuis *Terre à bonheur* (1952), s'est faite de plus en plus dense, elliptique, laconique (*Villes,* 1969 ; *Trouées,* 1961 ; *Requis,* 1983 ; etc.). Elle s'attache aux choses et à leurs apparences pour s'interroger sur le mystère du monde en un style très simple. On a pu dire que c'était une poésie matérialiste.

32.

HEREDIA José Maria de (Santiago de Cuba, 1842-Château de Bourdonné, 1905).

À sept ans, José Maria de Heredia perdit son père (un descendant des fameux *conquistadores*) et il devint pensionnaire dans un collège en

France (1851). Par la suite, élève de l'École des Chartes, il fut un érudit fort savant — et publia ses premiers poèmes sous l'égide des Parnassiens.

Il les réunit en 1893 sous le titre des *Trophées* : 118 sonnets d'une rare perfection formelle, nourris d'une extraordinaire érudition. L'exotisme, la chaleur (malgré la perfection formelle), la beauté de la langue, la somptuosité des tableaux, le rythme même, tout contribue à la puissance de ces poèmes superbes.

159.

HUGO Victor (Besançon, 1802-Paris, 1885)

Fils d'un général napoléonien et d'une mère monarchiste, Victor Hugo fut un génie précoce qui excella dans tous les genres littéraires : il fut romancier, auteur dramatique, essayiste, poète.

Chef de l'école romantique, il fut d'abord royaliste. Pair de France, puis député, il devint Républicain par solidarité avec les humbles et par amour de la liberté. Il vécut près de vingt ans en exil, sous le Second Empire.

Il est resté le plus grand poète français. Il assigna au poète le rôle d'un « voyant », d'un guide. Son sentiment religieux est profond, constant, présent dans toute son œuvre malgré un anticléricalisme affirmé et proche du panthéisme.

De nombreux deuils le frappèrent dans sa famille, surtout la mort de sa fille Léopoldine en 1843.

Son œuvre poétique est considérable et variée (*Les Feuilles d'automne,* 1831 ; *Les Chants du crépuscule,* 1835 ; *Les Rayons et les ombres,* 1840 ; *Les Châtiments,* 1853 ; *Les Contemplations,* 1856 ; *Les Chansons des rues et des bois,* 1865 ; *L'Art d'être grand-père,* 1877 ; etc.).

56, 104, 147, 189, 201.

JAMMES Francis (Tournay, 1868-Hasparren, 1938).

Chantre de la campagne de son Pays basque, Francis Jammes écrivit une poésie toute de simplicité — et d'un naturel savamment travaillé, où s'entend une voix originale, en des vers qui boitent un peu parfois, exprès.

Il a exprimé sa foi chrétienne avec une grande tendresse simple pour les humbles (*De l'Angélus de l'aube à l'angélus du soir,* 1898 ; *Le Deuil des primevères,* 1899 ; etc.).

33, 230.

LA FONTAINE Jean de (Château-Thierry, 1621-Paris, 1695).

À la mort de son père, Jean de la Fontaine devint contrôleur des eaux et forêts et la légende veut qu'il eut ainsi l'occasion de parcourir les bois et d'observer les animaux. En réalité, il fréquentait surtout assidûment les réunions de jeunes écrivains (et par la suite il fut l'ami de Molière et de Racine).

Protégé par le surintendant Fouquet, dans son château de Vaux-le-Vicomte, il lui resta fidèle après son arrestation sur ordre de Louis XIV (1665). Il se chercha alors divers protecteurs, selon les mœurs du temps (Marguerite de Lorraine, Mme de La Sablière, etc.).

Il avait écrit diverses pièces poétiques, un roman, des contes. Mais c'est avec ses *Fables* (1664-1693) qu'il conquit une célébrité qui ne s'est jamais démentie. Il est bien notre plus grand fabuliste, par l'ingéniosité, la vivacité, la grâce de son style — par sa vraie poésie également.

Une fable de La Fontaine demeure toujours dans la mémoire de tout Français, même quand il a oublié tout le reste.

72, 132, 133, 180, 222.

LAFORGUE Jules (Montevideo, Uruguay, 1860-Paris, 1887)

Montevideo, en Uruguay, vit (étrangement) naître trois poètes français : Lautréamont (en 1846), Laforgue (en 1860) et Supervielle (en 1884).

Laforgue vint en France avec ses parents, puis, après ses études, il partit en Prusse où il fut lecteur de l'impératrice Augustine. C'est là qu'il commença à écrire ses *Complaintes* qui parurent ensuite (1885).

Sa poésie est étrange, caustique, gouailleuse, et il semble perpétuellement se moquer de lui-même (*Imitation de Notre-Dame de la lune,* 1886).

En 1886, il épousa une jeune Anglaise, Leah Lee. Ils moururent tous deux de tuberculose à quelques mois d'intervalle.

Ses amis firent publier ses derniers poèmes après sa mort (*Des fleurs de bonne volonté,* 1890).

160.

LAMARTINE Alphonse de (Mâcon, 1790-Paris, 1869).

Après ses études, Lamartine devint diplomate, il voyagea en Europe et au Proche-Orient. Son premier recueil, *Les Méditations poétiques* (1820), le rendit célèbre. Il fut l'un de nos grands poètes romantiques, dans une tonalité lyrique, une effusion venant directement du cœur. Sa poésie est l'une des plus harmonieuses et des plus musicales de toute la littérature française. Un très vif sentiment religieux se retrouve dans ses *Nouvelles méditations* (1822) et surtout dans ses *Harmonies poétiques et religieuses* (1830). Sa poésie est un chant dont la mélodie reste inégalée (*Jocelyn,* 1836).

Républicain, généreux, il participa activement à la Révolution de 1848 et il fut membre du Gouvernement provisoire. Mais sa popularité fut éphémère et il ne fut pas élu président de la République en 1849.
82.

LA TOUR DU PIN Patrice de (Paris, 1911-1975).

Descendant d'un roi d'Irlande et d'un comte d'Auvergne, Patrice de la Tour du Pin a été très inspiré par les paysages de la Sologne où il vécut pendant son enfance — puis par l'exil de la captivité en Allemagne pendant la Seconde Guerre mondiale.

Mais dès 1933, avec *La Quête de joie,* il occupa dans la poésie moderne une place originale et privilégiée. Il réunit ses poèmes en 1946 sous le titre *Une Somme de poésie ; somme,* comme celle de saint Thomas d'Aquin ; *quête,* comme celle du Graal. Il marquait ainsi son domaine — et sa foi religieuse.

Dans « une vie recluse en poésie », il continua l'élaboration d'une œuvre considérable avec *Le Second Jeu* (1959), *Petit Théâtre crépusculaire* (1964), *Une Lutte pour la vie* (1970).

Il a fait vivre un univers de légendes, en un climat religieux symbolique, dans un monde où l'homme est à la recherche de Dieu.
114.

MALLARMÉ Stéphane (Paris, 1842-Valvins, 1898).

Marié à Londres en 1863, Stéphane Mallarmé revint en France où il enseigna l'anglais dans divers lycées en province puis à Paris. Sa vie professionnelle et familiale fut assez monotone — mais il commença à écrire (*Les Fenêtres*) et il publia des poèmes dans *Le Parnasse contemporain* en 1866.

Il recevait ses amis poètes tous les mardis et peu à peu il devint célèbre avec *L'Après-midi d'un faune* (publié en 1876), *Hérodiade,* etc., et ses écrits théoriques.

Ses poèmes, d'une extrême densité, se firent plus hermétiques. Pour lui, la poésie est faite de mystère. Il mena des recherches de poésie typographiques avec *Un coup de dés jamais n'abolira le hasard* (1897).
76.

MILOSZ Oscar Vladislas de Lubicz (Czereïa, Lituanie, 1877-Fontaine-bleau, 1939).

Ayant passé sa jeunesse en Lituanie, dans un grand domaine qui lui apparut ensuite comme le Paradis perdu de son enfance, Milocz vint en France, faire ses études secondaires à Paris. Il devint un poète de langue française dès son *Poème des décadences* (1899) très influencé par le symbolisme.

Sa poésie s'inspire des légendes nordiques et des paysages de son enfance (*Les Sept solitudes,* 1906 ; *Ars magna,* 1924). Souvenirs plus ou moins rêvés, élans religieux, méditations graves inspirent ses poèmes (*Les Éléments,* 1911 ; *La Confession de Lemuel,* 1922, etc.) et son théâtre, en une œuvre étrange, au style inhabituel.

118.

MUSSET Alfred de (Paris, 1810-1857).

D'un tempérament très artiste, Alfred de Musset fit pourtant des études de droit, mais il se consacra vite à la littérature et, très jeune, il devint l'un des membres les plus originaux de l'école romantique. Son théâtre, léger, poétique, spirituel, fut d'abord publié sans être joué. Il publia des poèmes dès 1830 (*Contes d'Espagne et d'Italie*).

Après la fin de sa liaison avec George Sand, il tomba malade et son malheur exalta son génie poétique, en une effusion lyrique très personnelle, venant directement du cœur (*Les Nuits,* 1835-1837). Épuisé par la maladie et l'alcoolisme, il mourut oublié.

Sa poésie suscite l'émotion, elle est toujours harmonieuse et elle nous touche encore.

217.

NERVAL Gérard Labrunie, dit Gérard de (Paris, 1808-1855).

Orphelin de mère, Gérard de Nerval fut élevé par son grand-oncle, dans le Valois, au cœur d'un paysage qui apparut ensuite souvent dans les rêves rapportés par ses écrits. Attiré par la littérature allemande, il traduisit le *Faust* de Goethe (1828) et il écrivit des contes fantastiques.

Il voyagea en Italie et en Orient. Une passion malheureuse, une attirance pour l'ésotérisme et les doctrines des illuminés entraînèrent « l'épanchement du songe dans la vie réelle ». Atteint de troubles mentaux, il dut faire plusieurs séjours en maison de santé (1841, 1853, 1854).

Mais pendant les années de lucidité, il écrivit des chefs-d'œuvre, contes et récits admirables, et quelques poèmes d'une intense poésie (*Odelettes,* 1831 ; *Les Chimères,* 1854).

Le 26 janvier 1855, on retrouvera Gérard de Nerval pendu dans la rue de la Vieille-Lanterne, près du Châtelet, à Paris.

106, 109, 121, 127.

NOËL Marie Rouget, dite Marie (Auxerre, 1883-1967).

La vie de Marie Noël se déroula sans grands événements apparents, à Auxerre où son père était professeur, mais son œuvre laisse entrevoir une âme riche et tourmentée, une mélancolie secrète. Sa poésie est d'une simplicité qui n'exclut pas la profondeur.

Dès *Les Chansons et les heures* (1920), apparaît un sentiment religieux qui va inspirer toute son œuvre, réunie en 1956, et qui lui valut une grande renommée. Sa poésie est fraîche sans être mièvre, toujours chantante et musicale.

68.

NORGE George Mogin, dit Géo (Bruxelles, Belgique, 1898-Mougins, 1990).

D'abord représentant de commerce, Norge fonda le *Journal des Poètes.* Il s'est fixé en France, en Provence, où il a tenu un magasin d'antiquités. Il est l'auteur d'une œuvre poétique importante, d'une vigueur peu commune, mais aussi d'une délicatesse et d'un humour remarquables. Sa virtuosité formelle lui permet d'aborder des genres fort divers : *Joies aux âmes* (1941), *Les Quatre Vérités* (1962), *Le Stupéfait* (1988), etc. Ses recueils ont été regroupés dans le gros volume de ses *Œuvres poétiques* (1978).

13, 225.

PRÉVERT Jacques (Neuilly-sur-Seine, 1900-Paris, 1977).

Il fut le poète le plus célèbre du XXᵉ siècle. Son recueil *Paroles* (1947) a été vendu à plus d'un million d'exemplaires.

Lié au groupe surréaliste de 1925 à 1929, il publia ses premiers textes dans diverses revues, après sa rupture avec André Breton — et ce fut sa célèbre *Tentative de description d'un dîner de têtes à Paris-France* qui commença à le faire connaître (1936).

Scénariste et dialoguiste de films avec son frère Pierre, Jacques Prévert atteignit la pleine célébrité avec *Paroles,* immédiatement adopté par la jeunesse de l'après-guerre (et la suite !), et avec les chansons que Joseph Kosma fit naître de ses poèmes, il fut connu de toutes les couches de la population.

Sa poésie est ironique, tendre, amère, débordante d'humour et de fantaisie, satirique, étincelante de jeux de mots et de calembours, très française par son anticonformisme et, sous des apparences de vers libres, très structurée (*Spectacles,* 1951 ; *La Pluie et le beau temps,* 1955 ; *Fatras,* 1966 ; *Choses et autres,* 1972).

Il est le merveilleux exemple qui prouve que la poésie peut être populaire.

21, 28, 44, 170.

RIMBAUD Arthur (Charleville, 1854-Marseille, 1891).

Adolescent révolté contre sa mère, la société, la religion, tout en faisant de bonnes études et en écrivant des poèmes, Arthur Rimbaud rompit avec son milieu et, après plusieurs fugues, il vint à Paris en 1871, à l'instigation de Verlaine. Il fréquenta les milieux littéraires. Grossier, violent, il indisposa beaucoup de monde. Mais en 1872, il quitta Paris. Verlaine le suivit en Angleterre, puis en Belgique. À Bruxelles, Verlaine le blessa d'un coup de revolver. Verlaine entra en prison pour deux ans.

Après *Le Bateau ivre* (1871), Rimbaud écrivit *Une Saison en enfer* (1873), et, probablement ensuite, *Les Illuminations* (vers 1874).

Il cessa alors totalement d'écrire et mena une vie errante en Europe, au Proche-Orient, en Afrique où il fut négociant. Une tumeur au genou le força à entrer en France où il fut amputé d'une jambe, à Marseille, où il mourut.

Sa vie a donné naissance à un véritable mythe, celui de l'adolescent génial et du voyageur en quête d'absolu.

78, 124, 183, 212.

RONSARD Pierre de (Couture-en-Vendômois, 1524-Saint-Cosme-lès-Tours, 1585).

D'une enfance campagnarde, Ronsard garda toujours un vif sentiment de la nature. Mais à douze ans, il devint page du Dauphin et dès lors, il fréquenta les cours royales. Malheureusement, frappé de surdité, il dut abandonner la carrière des armes et la diplomatie. Il reprit l'étude des lettres antiques et, avec quelques amis, il fonda le groupe de la Brigade, puis celui de la Pléiade, et il publia ses poèmes : *Les Odes* (1550), *Les Amours* à partir de 1552, dédiées à Cassandre, puis à Marie (1555), puis *Les Sonnets à Hélène* (1578).

Il devint alors très célèbre, ses poèmes furent mis en musique, on lui décerna le titre de « Prince des Poètes ». Il fut une espèce de poète officiel à la cour de Henri II puis de Charles IX.

Il fut le poète de la rose et des amours, mais aussi, à la fin de sa vie, en ses *Discours,* un poète militant catholique et pamphlétaire.

66, 67, 81, 200.

ROY Claude (Paris, 1915-Paris, 1997).

Après avoir participé très jeune à la création de la revue *Reflets* (1932), Claude Roy fut mobilisé à la guerre de 1939. Fait prisonnier, il s'évada, rejoignit ensuite la Résistance. Ses premiers poèmes furent alors publiés. Son recueil *L'Enfance de l'art* parut à Alger (1942), puis *La Suite française* (1943), *La Mer à boire* (1944).

Engagé dans les luttes de son temps, il adhéra au Parti communiste, mais il en fut exclu en 1956 pour n'avoir pas accepté l'occupation de la Tchécoslovaquie par l'URSS.

Romancier, essayiste, critique ; grand voyageur, Claude Roy est avant tout poète, l'un des plus importants du XXᵉ siècle. *Un seul poème* (1954) réunit des textes apparemment simples, toujours naturels, pleins d'images, de couleurs, d'une fluidité parfaite dans la vraie tradition poétique française, comme *Poésies* (1970), *Sais-tu si nous sommes encore loin de la mer ?* (1979), *À la lisière du temps* (1984), *Le voyage d'automne* (1987).

Il a écrit et illustré de collages les charmants *Enfantasques* (1974) et *Nouvelles Enfantasques* (1978).

37.

RUTEBEUF (? -1280).

On sait peu de choses de ce poète, pauvre et même miséreux si l'on se réfère à ses dires. Il écrivit des fabliaux, des complaintes, le célèbre *Miracle de Théophile,* des poèmes satiriques comme *Le Dit des Béguines,* ou pleins de pitié (*Le Dit des ribauds de grève*). Il exprime sa souffrance et ses difficultés avec un ton très personnel (*La Pauvreté*).

En mélangeant quelques vers du *Mariage Rutebeuf* et de *la Complainte Rutebeuf,* un compositeur-interprète du XXe siècle, Léo Ferré, a redonné vie à une plainte qui nous touche encore sept cents ans plus tard (*Que sont mes amis devenus ?*), malgré une langue vieillie qui exige une transposition.

130.

SAINT-JOHN PERSE Alexis Léger, dit (Pointe-à-Pitre, 1887-Hyères, 1975).

Quittant sa Guadeloupe natale à onze ans, Saint-John Perse fit ses études en France métropolitaine, puis il poursuivit aux Affaires étrangères une carrière diplomatique qui le mena jusqu'au poste de Directeur général du Quai d'Orsay.

Ses livres sont constitués de longs versets nobles et majestueux d'un lyrisme volontaire (*Éloges,* 1911 ; *Anabase,* 1925 ; *Exil,* 1942 ; *Neiges,* 1944 ; *Vents,* 1946 ; *Amers,* 1957). Prix Nobel de littérature (1960).

111.

SICAUD Sabine (Villeneuve-sur-Lot, 1913-Paris, 1928).

Morte à quinze ans, après une longue et douloureuse maladie, Sabine Sicaud a laissé quelques poèmes déchirants, d'une poignante beauté — et en même temps resplendissant du charme de l'enfance (*Poèmes d'enfant,* 1926). Anna de Noailles, préfaçant ce livre, parle fort justement « d'enfant prodige ». Ses œuvres retrouvées furent publiées en 1958 (*Poèmes de Sabine Sicaud*).

199.

SUPERVIELLE Jules (Montevideo, Uruguay, 1884-Paris, 1960).

Il fut l'un des trois poètes français à naître à Montevideo (comme Jules Laforgue et Lautréamont) et sa vie se partagea entre les pampas de l'Uruguay et le Sud-Ouest de la France dont sa famille était originaire. Il écrivit des ouvrages de prose (récits, nouvelles, théâtre), mais il fut surtout l'un des plus importants poètes du XXe siècle avec *Débarcadères* (1922), *Gravitations* (1925), *Le Forçat innocent* (1930), *La Fable du monde* (1938), *Oublieuse mémoire* (1949), *L'Escalier* (1956), etc.

Sa poésie est mélodieuse, dans la tradition de la langue française la plus harmonieuse. Elle traduit son attachement charnel au monde, à la nature, un sentiment d'appartenance cosmique qui rend solidaires les êtres, les animaux, les choses.

Dans une langue toujours simple, le lyrisme de Supervielle touche au fantastique, au féerique, au merveilleux — et il enchante le lecteur.

18, 40, 47.

TARDIEU Jean (Saint-Germain-de-Joux, 1903-Créteil, 1995)

Pendant la Deuxième Guerre mondiale, Jean Tardieu participa aux publications clandestines de la Résistance, puis il entra à la radio où il dirigea le service dramatique, puis le Club d'essai (1944-1969).

Dans son théâtre, ses récits, ses poèmes, l'humour est mis au service d'une inquiétude profonde (et métaphysique) où le langage fait apparaître le sens de l'absurde (*Accents,* 1939 ; *Monsieur, Monsieur,* 1951 ; *Comme ceci, comme cela,* 1979 ; etc.). Mais comme ses textes peuvent être lus à divers niveaux, les enfants ont adopté certains poèmes cocasses d'une œuvre particulièrement riche.

224, 226.

TOULET Paul-Jean (Pau, 1867-1920).

Après ses études en France, il partit pour l'île Maurice où ses parents s'étaient installés. Il voyagea en Espagne, en Asie, mais revint à Paris où il fut journaliste et chroniqueur. Il mena une vie de bohème qui hâta sans doute sa fin précoce.

Il avait publié de délicats romans, mais ses poèmes édités après sa mort lui donnèrent sa véritable place, une des premières dans notre poésie moderne (*Les Contrerimes,* 1921 ; *Vers inédits,* 1936). Les poètes fantaisistes (comme Carco, Derême, Vérane, Chabaneix, puis Houdelot) dont l'importance ne cesse de croître aujourd'hui dans la réévaluation du XXe siècle, reconnurent en lui un chef de file précurseur.

Sa poésie est tendre, légère, délicate — mais elle est, dans la tradition française, l'expression pudique d'une mélancolie secrète. Il utilisa avec bonheur la forme subtile des contrerimes.

85.

VALÉRY Paul (Sète, 1871-Paris, 1945).

Après des études sétoises et montpelliéraines, Paul Valéry s'intéressa à la littérature, rencontra Mallarmé à Paris, étudia le droit, les mathématiques, la poésie, publia quelques textes et poèmes — et décida en 1892 de renoncer à la littérature. Il entra à l'agence Havas (1900) et il nota ses remarques sur l'exercice de la réflexion. Il écrivit alors en prose des essais très intelligents. Il se voulait un penseur.

Il ne revint à la poésie que plus tard, avec *La Jeune Parque* (1917) et *Le Cimetière marin* (1922) — et ses poèmes réunis dans *Charmes* (1922). Il atteignit alors la plus grande célébrité, il donna de nombreuses conférences, il fut couvert d'honneurs, il enseigna la poésie au Collège de France — et on lui fit des funérailles nationales.

232.

VERHAEREN Émile (Saint-Amand, Belgique, 1855-Rouen, 1916).

Sa Flandre belge natale apparut souvent dans ses poèmes, avec ses canaux, ses moulins, ses brouillards, son littoral — mais il chanta également les villes et les usines, le travail industriel et les grandes foules urbaines.

Après avoir senti vaciller son équilibre intellectuel, alors qu'il avait déjà écrit des poèmes mystiques commes *Les Moines* (1886), Verhaeren trouva dans la poésie un remède à ses angoisses avec *Les Campagnes hallucinées* (1893), *Les Villes tentaculaires* (1895). Il croyait au Progrès, au règne de la pensée, à la grandeur du travail (*Les Héros*, 1908 ; *Les Villes à pignons,* 1909). Son œuvre rencontra alors un large écho. Il fut un poète moderne, par cette attention à la vie collective de l'humanité.

Il mourut écrasé par un train en gare de Rouen, après une conférence.

52.

VERLAINE Paul (Metz, 1844-Paris, 1896).

L'un de nos plus grands poètes, incontestable aujourd'hui, ne publia jamais qu'à compte d'auteur (malgré un « succès d'estime »), depuis les *Poèmes saturniens* (1866), *Les Fêtes galantes* (1869), et la vie du « Pauvre Lélian » (son anagramme forgée par lui-même) fut malheureuse.

Il se maria en août 1871 avec Mathilde Mauté (à qui il dédia sa *Bonne chanson,* 1870). Mais en septembre 1871, il accueillit Arthur Rimbaud à Paris et abandonna sa femme. Les deux amis partirent en Angleterre, puis en Belgique où Verlaine blessa d'un coup de revolver Rimbaud qui porta plainte. Condamné, Verlaine passa près de trois ans en prison, ce qui suscita son recueil *Sagesse* édité en 1881, toujours à compte d'auteur et sans succès.

Il enseigna ensuite dans divers collèges et peu à peu il glissa vers la déchéance sous l'influence de l'alcool ; mais sa gloire grandissait parmi les jeunes poètes de la fin du XIXᵉ siècle ; ils l'honorèrent et reconnurent sa valeur. Des amis l'aidaient à vivre, en lui servant une petite rente.

Sa poésie est musicale, subtile, mélodieuse, d'une admirable délicatesse (*Romances sans paroles,* 1874 ; *Jadis et naguère,* 1884, etc.). S'il fut un « poète maudit », il ne l'est plus aujourd'hui.

65, 80, 102, 112, 136, 137.

VIAN Boris (Ville-d'Avray, 1920-Paris, 1959).

Après des études d'ingénieur, Boris Vian se consacra à la littérature. Il devint célèbre avec son roman pseudo-américain *J'irai cracher sur vos tombes* publié en 1946 sous le pseudonyme de Vernon Sullivan. Mais c'est sous son nom que *L'Écume des jours* devint un « classique ». Excellent en des genres divers, il fut spécialiste de jazz (et joueur de trompette), il écrivit des chansons et se voulut « pataphysicien » comme Jarry. Depuis sa mort, son œuvre s'est imposée par son humour, sa désinvolture, sa secrète mélancolie aussi. Ses poèmes sont écrits très librement, ils allient le sourire et la puissance expressionniste (*Je voudrais pas crever,* 1962 ; *Cantilènes en gelée,* 1970).

55.

VIGNY Alfred de (Loches, 1797-Paris, 1863).

Élevé dans le culte des armes et de l'honneur, Alfred de Vigny devint officier à la Restauration (1815), après les guerres napoléoniennes, mais la vie de garnison, monotone, lui fut pesante. Il quitta l'armée en 1825. Il avait commencé à écrire dès 1820 et publia ses premiers poèmes en 1822. Il se consacra alors au théâtre et à la poésie (*Éloa,* 1824 ; *Poèmes antiques et modernes,* 1826).

Diverses épreuves familiales et sentimentales l'incitèrent à se retirer dans sa propriété des Charentes. Il revint cependant à Paris, mais il y vécut en solitaire jusqu'à sa mort. Ses derniers poèmes firent l'objet d'une publication posthume.

De tous les poètes romantiques, Alfred de Vigny fut le plus solitaire. Se réclamant d'une hautaine philosophie stoïcienne, il croyait pourtant au progrès de l'humanité guidée par le philosophe et le poète.

89, 213.

VILLON François de Montcorbier ou des Loges, dit François (Paris, 1431- ?)

Fils d'une très pauvre femme, il fut élevé par Maître Guillaume de Villon (dont il prit le nom), chapelain de Saint-Benoît de Bétourné à Paris. Il fit de bonnes études à la Sorbonne et il était Maître ès arts (1452). Mais il menait joyeuse vie, hantait les cabarets, participait à des bagarres, et il tua un prêtre au cours d'une rixe (1455). Il s'exila, puis revint à Paris, ayant reçu une lettre de rémission. Compromis dans un vol, il erra en province, fut emprisonné à Meung-sur-Loire (et gracié par Louis XI qui passait par là).

Après divers séjours en prison, il fut condamné à mort, et, après avoir été torturé, il attendait son exécution. C'est à cette occasion qu'il composa la *Ballade des pendus*. Gracié, expulsé de Paris (1463), il disparut en province où il mourut à une date ignorée.

Mais ce « mauvais garçon » fut l'un de nos plus grands poètes. Malgré une langue vieillie, cinq cents ans plus tard nous sommes encore touchés dans *Le Lais* (1456), dans *Le Testament* (1461), dans ses *Poésies diverses* (1463), par son lyrisme, par l'évocation de sa vie, par son amour pour sa mère, par sa robuste vigueur — et par le tragique de son existence.

128, 210, 227.

Les cent
plus beaux poèmes

pour l'enfance et la jeunesse

Les adultes lisent très peu la poésie, mais, peut-être parce qu'ils en ont la nostalgie, ils estiment que les enfants et les adolescents, par l'intermédiaire de l'école et de la bibliothèque, doivent lire et même apprendre des poèmes. Des anthologies, particulièrement nombreuses depuis quelques années, facilitent cet apprentissage. Le choix des poèmes ainsi proposé est effectué le plus souvent par des pédagogues, sans doute bien qualifiés pour s'adresser aux enfants — et, parfois, même, pour s'intéresser à la poésie.

Mais il semble que de ce côté-là, les poètes sont aussi bien qualifiés — et qu'il convient de les écouter : comment les poètes d'aujourd'hui jugent-ils la poésie de toujours quand il s'agit de la proposer à l'enfance et à la jeunesse ?

UN RÉFÉRENDUM

« Quels sont les plus beaux poèmes français à proposer à l'enfance et à la jeunesse ? »

C'est ce qui a été demandé à des poètes contemporains. On ajoutait :

« Vous retiendrez les poèmes traditionnels ou contemporains dont la rencontre vous paraît indispensable et susceptible de faciliter l'entrée dans le monde de la poésie. C'est volontairement que nous n'indiquons pas d'âge : vous apprécierez à votre convenance "l'enfance et la jeunesse". »

La formulation est restée volontairement vague, puisque la poésie n'est pas astreinte à suivre les âges.

Dans les réponses, les traductions n'ont pas été prises en compte. Les dix premiers titres seulement de chaque liste ont été gardés, quand elle en comportait davantage, et une seule liste a été admise par poète (certains en ont envoyé plusieurs, jusqu'à cinq !).

Plus de cent soixante-dix poètes ont été sollicités. Quatre-vingt-seize réponses ont pu être prises en compte. Ce florilège n'est donc pas le choix d'une ou deux personnes : son originalité, c'est d'avoir été constitué par quatre-vingt-seize poètes très différents, jeunes ou moins jeunes, célèbres ou non, mais tous reconnus de diverses façons par leurs pairs — puisque c'est l'un des rares critères que l'on puisse retenir pour accéder à la dignité de « poète ». Ce sont tous des poètes francophones de France, de Belgique ou de Suisse. On en trouvera la liste p. 7.

On regrettera quelques absences. Certains ont refusé de répondre, trouvant l'exercice trop difficile, vain ou sans intérêt. L'un de nos plus grands poètes contemporains a invoqué un travail urgent (c'était vrai) et comme nous aimons l'homme et l'œuvre, nous nous sommes gardés d'insister.

Beaucoup ont commenté leur réponse, s'expliquant spontanément sur leurs choix en des prises de position diverses.

« *Ce ne sont sans doute pas "les meilleurs" (les plus beaux) poèmes français, mais ces auteurs permettent aux jeunes de se familiariser avec le langage de la poésie, sans rabâchage ni "par cœur imbécile"* » (Louis Dubost).

« *Par cœur, par cœur, S.V.P. !* » (Norge).

La tentation est grande de rapprocher ainsi avec quelque malice des opinions contradictoires de poètes qu'on aime, qu'on apprécie, surtout quand on voit avec quel soin ils ont établi cette liste de poèmes « *à proposer à la jeunesse de 7 à 77 ans* » (Armand Monjo).

Mais ce grand nombre de réponses donne une solidité au choix, une validité au palmarès, et il efface ainsi quelques aberrations, il rend même indulgent aux provocations (*Persienne* de Louis Aragon fait-il vraiment partie des plus beaux poèmes français ?).

UN CHOIX DIFFICILE

Presque tous les poètes qui ont répondu ont fait part des difficultés de ce choix :

« *Une vraie torture* » (Luce Guilbaud).

« *Une vraie gageure* » (Raoul Bécousse).

« *Ce genre de sélection est impossible* » (Pierre Chabert).

Beaucoup ont signalé leurs hésitations en des termes presque identiques.

« *Un choix qui varie tous les jours* » (Clod' Aria).

« *Je varie tous les jours dans mes goûts et mes préférences, selon l'heure du jour ou de la nuit, la couleur du ciel, le regard d'une femme. Et je saute volontiers d'un poème à l'autre comme d'un souvenir à l'autre avec joie, douceur et perversité.* » (Rouben Melik).

Ces hésitations sont tout à fait normales. Elles viennent de l'extraordinaire richesse de la poésie de langue française en chefs-d'œuvre. Et puis, la poésie qu'on aime dépend de l'état d'âme du lecteur et de la couleur du temps.

Aussi, presque tous les poètes ont refusé d'établir un ordre de préférence parmi les dix poèmes retenus. Ils ont insisté sur l'injustice d'un palmarès, en regrettant tous les poèmes qu'il fallait éliminer.

« *Tout cela est fort arbitraire, bien entendu* » (Robert Sabatier).

« *Ce référendum, qu'il me fait souffrir ! Comment choisir entre tous ces textes aimés ?... Comment ne pas craindre d'en oublier (et j'en oublie sûrement). Comment classer ?* » (Liliane Wouters).

« *Il n'y a pas d'ordre de préférence. On aime les poèmes pour des raisons poétiques différentes sous des angles différents.* » (Jacques Gaucheron).

« *Tant de trésors, tant de formes différentes !* » (René de Obaldia).

Et l'un d'eux, après son choix fort judicieux, mais qui élimine forcément de très grands poètes, conclut avec un humour caustique qui montre les limites de ce référendum et le critique gentiment : « *N'ont naturellement jamais existé : Vigny, Musset, Lamartine, Baudelaire, Nerval, Verlaine, Mallarmé, Leconte de Lisle, Banville, Ronsard, Villon, Apollinaire... Sans parler des vivants qui ne seront immortels que morts* » (Jean-Luc Moreau).

À l'opposé, quelques rares poètes sont d'une sévérité inhabituelle. L'un n'a cité que quatre poèmes ; un autre, trois. Surprenant. Ces réponses incomplètes ont été retenues. C'est ce qui explique qu'en tenant compte de listes fragmentaires et en éliminant les traductions, on obtienne neuf cent vingt-trois occurrences retenues sur neuf cent soixante théoriquement possibles.

LES RÉSULTATS

96 poètes ont répondu valablement.
168 poètes différents ont été cités.
923 occurrences ont été retenues.
565 poèmes différents ont été choisis.

Ce référendum demandait qu'on choisisse des *poèmes*. Mais la grande disparité des titres retenus nous a conduits à tenir compte également des *poètes* ainsi choisis.

Dans une première étape, c'est donc une liste des poètes de tous les temps préférés par les poètes d'aujourd'hui qui peut être établie.

Puisqu'il ne fallait citer que dix poèmes, nous n'avons retenu que les dix premières lignes de chaque réponse, soit, le plus souvent, dix poèmes de dix poètes différents. Mais on a admis, sauf quelques exceptions, deux poèmes ou plus pour un même poète, si le total ne dépassait pas dix textes (soit, par exemple, dix poèmes de neuf poètes différents).

Par contre, si, sur la même ligne de réponse, pour un même poète, on laissait à choisir entre deux poèmes, c'est en général le premier qui a été retenu.

Nous avons constaté que quelques poètes, parfois avec humour, avaient cité l'un de leurs propres textes. Pourquoi pas ? Pourquoi un texte contemporain ne serait-il pas l'un des dix chefs-d'œuvre de notre poésie ? Et pourquoi un poète ne revendiquerait-il pas d'avoir écrit l'une de ces merveilles ? « Je sais ce que je vaux », disait Corneille. Nous en avons donc tenu compte ; mais le cas est relativement rare et ne change guère les résultats. De même un poète-éditeur ne cite que dix poèmes de trois poètes qu'il a publiés. On a pu également trouver sur une même feuille quatre poèmes du même auteur. Nous avons signalé cette insistance exagérée.

Quand la réponse se contentait d'indiquer sans autre précision « un poème de tel poète », ou le titre d'un recueil, la réponse a été comptabilisée en l'additionnant au poème le plus cité (par d'autres) de cet auteur.

Quelques choix méthodiques

La plupart des poètes qui sont nos contemporains ont une très grande connaissance de la poésie française qu'ils aiment, qu'ils pratiquent, qu'ils sont capables de présenter mieux que bien des spécialistes réputés. Mais tout de même, établir une liste des dix plus beaux poèmes n'est pas une entreprise facile. Plusieurs méthodes ont été utilisées.

Certains se sont reportés aux recueils de poèmes et ils ont, évidemment, été repris par ce plaisir du lecteur qui se perd au long des pages :
« *Merci de m'avoir permis de relire tant de poèmes redécouverts.* » (Alain Boudet).

« J'ai replongé de toute la journée dans ma bibliothèque ; cela prend beaucoup de temps, sélectionner (...) et puis il faut revoir, relire... ce que j'ai fait, non sans plaisir, évidemment. » (Charles Dobzynski).

D'autres n'ont choisi, volontairement, que parmi les poèmes qui leur étaient restés dans la mémoire, parmi ceux qui leur sont venus à l'esprit : « J'ai noté ce qui me restait en tête (ou au cœur) alors que j'avais tout oublié » (Marc Delouze). Et ce n'est pas une mauvaise méthode que celle qui a laissé jouer le filtre « naturel » du souvenir, permettant « un choix spontané d'une vingtaine de poèmes » (Ménaché).

Et parfois, le titre lui-même a disparu, pour ne rien dire de celui du recueil !

Une troisième façon de faire a consisté, pour certains, à retrouver les poèmes aimés dans leur propre jeunesse, à rechercher les œuvres qui ont suscité leur vocation poétique : les poèmes « qui ont été à l'origine de mes penchants poétiques. Ce sont des textes qui ont fait leurs preuves. Pourquoi en chercher d'autres ? » (Jean Bouhier). Les poèmes « que j'ai le plus aimés à un moment ou à un autre de ma jeunesse » (Andrée Hyvernaud).

Ces trois méthodes de choix sont également valables et fécondes. Elles dégagent d'ailleurs des palmarès souvent similaires, tant il est vrai que les grands textes s'imposent à la fois au choix par comparaison, à celui de la mémoire, et à celui de l'initiation poétique.

LE CHOIX DES POÈTES

C'est un choix très classique, voire traditionnel, qui apparaît dans la liste des poètes retenus, tous poèmes confondus.

Grâce au grand nombre de réponses, il n'y a pas d'absences choquantes parmi les poètes du passé, dans la liste des poètes classés par ordre d'occurrence : apparaissent les noms de cent soixante-huit poètes cités (et trois anonymes). Nous en donnons la liste complète pages 266 et suivantes.

Les poètes préférés des poètes

Nombre
de citations

48	Victor Hugo (1802-1885)
45	Guillaume Apollinaire (1880-1918)
43	Arthur Rimbaud (1854-1891)
38	Charles Baudelaire (1821-1867)
	Paul Verlaine (1844-1896)
29	Jacques Prévert (1900-1977)
26	François Villon (1431- ?)
24	Pierre de Ronsard (1524-1585)
23	Jean de La Fontaine (1621-1695)
	Gérard de Nerval (1808-1855)
22	Paul Éluard (1895-1952)
	Paul Fort (1872-1960)
21	Jules Supervielle (1884-1960)
19	Joachim du Bellay (1522-1560)
	René Guy Cadou (1920-1951)
16	Robert Desnos (1900-1945)
15	Francis Jammes (1868-1938)
14	Louis Aragon (1897-1982)
	Charles d'Orléans (1394-1465)
13	Norge (1898-1990)
12	Jacques Charpentreau (1928)
	Eugène Guillevic (1907-1997)
	Paul Valéry (1871-1945)
11	Maurice Carême (1899-1978)
	René Char (1907-1988)
	Marceline Desbordes-Valmore (1786-1859)
	Maurice Fombeure (1906-1981)
10	Alfred de Vigny (1797-1863)
9	Alphonse de Lamartine (1790-1869)
	Stéphane Mallarmé (1842-1898)
	Alfred de Musset (1810-1857)
8	Oscar Vladislas de L. Milosz (1877-1939)
	Marie Noël (1883-1967)
	Claude Roy (1915-1997)
7	Boris Vian (1920-1959)
6	Henri Michaux (1899-1984)
	Rutebeuf (1230-1285)
	Jean Tardieu (1903-1995)
	Paul-Jean Toulet (1867-1920)
	Émile Verhaeren (1855-1916)

5	Blaise Cendrars (1887-1961)
	Max Jacob (1879-1944)
	Patrice de La Tour du Pin (1911-1975)
	Pierre Menanteau (1895-1992)
	Saint-John Perse (1887-1975)
4	Renée Brock (1912-1980)*
	Tristan Corbière (1843-1875)
	Charles Cros (1842-1888)
	Michel Deville**
	José Maria de Heredia (1842-1905)
	Jules Laforgue (1860-1887)
	Leconte de Lisle (1818-1894)
	René de Obaldia (1918)
	Francis Ponge (1899-1988)
	Sabine Sicaud (1913-1928)
	Paul Vincensini (1930-1985)***
3	Colette Benoîte (1920-1978)
	Luc Bérimont (1915-1983)
	André Breton (1896-1966)
	Francis Carco (1886-1958)
	André Chénier (1762-1794)
	Jean Cocteau (1889-1963)
	Jean Follain (1903-1971)
	Pierre Gamarra (1919)
	Vénus Khoury-Ghata (1938)
	Louise Labé (1526-1565)
	Jean-Luc Moreau (1937)
	Anna de Noailles (1876-1933)
	Raymond Queneau (1903-1976)
	Jean-Claude Renard (1922)
	Andrée Sodenkamp (1906)
	Charles Vildrac (1882-1971)
2	Guy Bellay (1932)
	Alain Borne (1915-1962)
	Alain Bosquet (1919-1998)
	Andrée Chedid (1920)
	Pierre Dalle Nogare (1934-1984)
	Lucienne Desnoues (1921)
	Léon-Paul Fargue (1876-1947)
	Guy Goffette (1947)

* Dont trois citations sur une seule liste.
** Dont quatre citations sur une seule liste.
*** Dont trois citations sur une seule liste.

André Hardellet (1911-1974)
Denise Jallais (1932)
Adrian Miatlev (1910-1964)
Jeanine Moulin (1912)
Jean Orizet (1937)
Charles Péguy (1873-1914)
René Philombé (1930)
Gisèle Prassinos (1920)
Jules Renard (1864-1910)
Léopold Sédar Senghor (1906)
Jean-Pierre Siméon (1950)
Jean-Vincent Verdonnet (1923)
Liliane Wouters (1930)
1 Pierre Albert-Birot (1876-1967)
Marc Alyn (1937)
Albert Aygueparse (1900)
Théodore de Banville (1823-1891)
Robert Benayoun (1926)
Pierre Benoît (1921)
Armand Bernier (1902)
Louis Calaferte (1925-1994)
François René de Chateaubriand (1768-1848)
François de Cornière (1950)
Jocelyne Curtil
Pierre Dargelos (1937)
Robert Delahaye (1906)
Lucie Delarue-Mardrus (1880-1945)
Pierre Della Faille (1906)
Anne-Marie Derèse (1938)
Charles Dobzynski (1929)
Louis Dubost (1945)
Jose Ensch (1942)
Xavier Forneret (1809-1884)
Georges Fourest (1867-1945)
André Frénaud (1907-1993)
Furetière (1619-1668)
Théophile Gautier (1811-1872)
Robert-Lucien Geeraert (1925)
Paul Géraldy (1885-1983)
Georges L. Godeau (1921)
Paule Guérard
Luce Guilbaud (1941)
Guillaume de Lorris (?-1230)
   et Jean de Meung (1250-1305)
Robert Houdelot (1912-1997)

Jacques Izoard (1913)
Étienne Jodelle (1532-1573)
Anne-Marie Kegels (1912)
Frédéric Kiesel (1923)
Claude-Hélène Lambert
La Motte (1672-1731)
Jean l'Anselme (1919)
Lanza del Vasto (1901-1981)
Valery Larbaud (1881-1951)
Jean Lebrau (1881-1983)
Anatole Le Braz (1859-1926)
Louis Levionnois
Maurice Maeterlinck (1862-1942)
Olivier de Magny (1529-1561)
François Malherbe (1555-1628)
Clément Marot (1496-1544)
Gabrielle Marquet (1920)
Armand Monjo (1913-1998)
Paul Nougé (1895-1967)
Marie-Claire d'Orbaix (1920)
Jean Pellerin (1885-1921)
Benjamin Péret (1899-1959)
Odilon-Jean Périer (1901-1928)
Henri Pichette (1924-2000)
Christine de Pisan (1363-1431)
Catherine Pozzi (1882-1934)
Jean Racine (1639-1699)
Pierre Reverdy (1889-1960)
Rainer Maria Rilke (1875-1926)
Maurice Rollinat (1846-1903)
Jules Romains (1885-1972)
Jean-Jacques Rousseau (1712-1778)
Antoine de Saint-Exupéry (1900-1944)
Saint-Pol-Roux (1861-1940)
Albert Samain (1858-1900)
Sully-Prudhomme (1839-1907)
Charles Trenet (1913-2001)
Tristan l'Hermite (1601-1655)
Charles Van Lerberghe (1861-1907)
Théophile de Viau (1590-1626)
Louise de Vilmorin (1902-1969)
Robert Vivier (1894)
Voltaire (1694-1778)

Anonymes : 3

Un choix classique

À première vue, ce choix pourrait paraître relativement moderne. Sur 168 poètes cités, 123 peuvent être considérés comme de notre temps, soit vivants, soit morts aux XXᵉ ou XXIᵉ siècles (soit plus de 73 %).

Mais, parmi ceux-ci, on ne compte que 56 poètes vivants au jour du référendum (soit 33,33 %).

Ce pourcentage lui-même ne doit pas faire illusion. Car la plupart de ces poètes n'ont été cités qu'une fois. Une analyse plus précise met en pleine lumière le classicisme du choix.

Rien que des poètes de la tradition parmi les dix premiers poètes cités ; seuls Guillaume Apollinaire et Jacques Prévert appartiennent au XXᵉ siècle. Mais nul ne leur déniera la qualité de « classiques ».

Le premier poète vivant cité, Norge, apparaît à la vingtième place, avec 13 occurrences.

Ainsi, sur les vingt premiers poètes, un seul vivant. Les dix-neuf premiers sont tous décédés. Leurs œuvres ont été citées 499 fois sur les 923 occurrences retenues (soit 54 %). Un simple coup d'œil au palmarès montre que la plupart des poètes vivants n'ont été cités qu'une ou deux fois.

Si l'on s'en tient aux cinquante premiers poètes cités, qui nous paraissent devoir être retenus, on obtient des résultats significatifs.

LES 50 PREMIERS POÈTES

44 poètes de la tradition (soit 88 %)
dont 31 poètes du XXᵉ siècle (soit 62 %).
6 poètes vivants (soit 12 %).
735 occurrences (soit près de 80 % du référendum).
dont 56 de poètes vivants (soit 6 % du référendum).

Ces cinquante poètes ont été choisis en retenant tous ceux qui obtenaient plus de cinq occurrences (45 poètes) et en ajoutant, parmi les poètes ayant obtenu au moins quatre occurrences, cinq poètes dont la même œuvre recevait plusieurs suffrages (Tristan Corbière, Charles Cros, José Maria de Heredia, Jules Laforgue, Sabine Sicaud).

Pour beaucoup de réponses, cette prédominance des poètes du passé résulte d'un choix délibéré.

« Je n'ai choisi que parmi les morts, et, déjà, absurdement, car dix poètes... Pour les vivants, on verra toujours plus tard ! Faisons déjà des racines pour que ces arbres puissent donner des fruits » (Marie-Claire Bancquart).

À ce choix positif de la tradition s'ajoute la difficulté de choisir librement parmi les contemporains que l'on connaît trop bien en tant qu'individualités, la personne risquant alors de masquer les œuvres : « *les contacts, les relations, l'amitié m'empêchent d'être neutre* » (Jean Bouhier). Il faut bien alors se tourner vers les poètes décédés : « *c'est* volontairement *que j'ai omis mes excellents contemporains, mes amis, comme...* » (Bernard Lorraine).

Il est vrai que si ces scrupules semblent tempérer légèrement le classicisme des résultats, d'autres poètes affirment au contraire un choix résolument moderne : « *Choix tout à fait arbitraire. De mémoire. Avec des partis-pris purement subjectifs et délibérément contemporains* » (Louis Dubost). Mais le terme de « classique » revient souvent pour expliquer le choix : « *les poètes modernes que je considère comme classiques* » (Charles Dobzynski).

Classique, ici, prend évidemment tout son sens : ce sont bien des poèmes à faire vivre dans les classes : « *J'ai mis mes préférences en fonction de la formation nécessaire des jeunes* » (Claudine Helft).

Il a toujours été difficile de juger la valeur poétique des œuvres de ses contemporains, puisque, comme plusieurs participants l'ont fait remarquer, entrent en jeu d'autres facteurs que la seule poésie. Aussi, le deuxième poète contemporain du palmarès ne prétend-il pas faire la part respective de l'amitié et de la poésie dans l'honneur qui lui est ainsi fait. C'est un cas à part. On voudra bien l'accepter comme tel. Mais il se dit que l'amitié est une composante essentielle de la vie en poésie.

Un choix varié

Cependant, le choix collectif ainsi élaboré reste suffisamment varié.

Beaucoup de poètes se réclament expressément de l'éclectisme nécessaire à la formation du goût poétique : « *Il faut lire tous les poèmes et les relire. Car la poésie avant tout ça se vit* » (Jean Bouhier).

Bien entendu, Victor Hugo reste le plus grand poète français, heureusement !, comme ne disait pas André Gide. Mais le quintette Hugo, Apollinaire, Rimbaud, Baudelaire, Verlaine joue la principale partition et on ne s'en étonnera pas.

Avec eux, triomphe une époque, le XIXᵉ siècle, qui n'est plus « maudite » et qui, bien au contraire, du romantisme au symbolisme et aux premiers « vers libres », est pour les poètes d'aujourd'hui l'essence même de ce que nous appelons « poésie » : le lyrisme et le chant d'une part, la révolte d'autre part, celle de Rimbaud, de Baudelaire, mais aussi de Hugo. Et le chant d'Apollinaire poursuit harmonieusement ce concert.

On voit bien ensuite que Prévert et Villon sont de la famille, comme Ronsard et Nerval. Et il ne faudrait pas trop solliciter La Fontaine pour le mettre de la partie.

Certains se sont expliqués sur leur choix à cet égard : « *J'ai donné la préférence aux poèmes qui ont recours au chant* » (René de Obaldia).

Par la suite, il semble qu'apparaissent en ce palmarès deux espèces de poètes : ceux pour qui la poésie est d'abord un chant, et ceux qui font de la poésie une recherche quasi philosophique. Disons, pour simplifier, Verlaine et René Char.

Bien entendu, ceux que nous appelons nos grands poètes réunissent ces deux aspects de la poésie. C'est Victor Hugo — et les les tout premiers d'une liste qui correspond à la sensibilité des poètes contemporains. Mais elle ne correspond pas au palmarès habituel des critiques, tellement plus intéressés par les gloses à déposer sur des obscurités pseudo-philosophiques.

C'est un autre enseignement de ce palmarès : l'extrême clarté des premiers textes retenus, par opposition avec cette obscurité d'une certaine mode. Évidemment, cette clarté n'exclut pas le mystère poétique et la révérence envers Gérard de Nerval en est la preuve. Mais, encore une fois, les poètes savent bien qu'il ne faut pas confondre le mystère (ce qu'on n'a jamais fini d'explorer) et l'obscurité, ce cache-misère.

Les plus beaux poèmes

Les cent poèmes retenus se sont imposés d'eux-mêmes sans grands problèmes.

Nous avons respecté les choix collectifs, tels qu'ils apparaissaient au dépouillement, avec quelques contraintes.

Les poètes ayant été classés par rapport au nombre d'occurrences, tous poèmes confondus (voir liste pages précédentes), les dix premiers sont généralement représentés ici par quatre à sept poèmes chacun, les dix suivants par deux ou trois poèmes. Les trente poètes suivants apparaissant entre quatre et douze fois sont représentés le plus souvent par un poème.

Les poèmes à retenir sont ainsi apparus et, le plus souvent, nous n'avons pas eu à trancher, tant leur supériorité s'affirmait, qu'il s'agisse de *Demain, dès l'aube,* du *Pont Mirabeau* ou de *L'invitation au voyage.*

Mais il faut savoir que les plus grands poètes, ceux dont les recueils sont pleins de chefs-d'œuvre, ouvrent un vaste éventail de choix. Pour Victor Hugo, par exemple, 24 poèmes différents ont été cités, tous admirables, 18 poèmes pour Apollinaire, 16 pour Rimbaud, 17 pour Baudelaire, 16 pour Verlaine, 16 pour Prévert, 13 pour La Fontaine, etc.

Ces résultats sont évidemment inversés pour des poètes dont l'œuvre est relativement mince, comme Gérard de Nerval (8 poèmes cités pour

23 occurrences), ou peu accessible, comme Villon (8 poèmes cités pour 23 occurrences), ce qui place certains poèmes au premier plan, comme le sonnet de Joachim du Bellay, *Heureux qui, comme Ulysse...* (13 fois cité pour 19 occurrences).

Il y a très peu de cas vraiment embarrassants, si ce n'est celui de Louis Aragon, qui présente 14 poèmes pour 14 occurrences. Cet éparpillement empêchait un poème de s'imposer. Il semble, pourtant, que ces 14 citations interdisent de le passer sous silence. Un poème a donc été retenu (*La Rose et le réséda*).

C'est le même cas pour Maurice Fombeure (11 poèmes pour 11 citations).

Il aurait été injuste de ne pas faire entendre leur voix au moins une fois.

Ne pouvant pas tout citer, il a parfois fallu choisir. Mais la liste complète donnée pages 274 à 276 permettra de nuancer ce choix.

Avec ces quelques arrangements, on obtient ainsi le palmarès des poèmes que l'enfance et la jeunesse doivent rencontrer — d'après les poètes d'aujourd'hui.

QUELS POÈMES POUR L'ENFANCE ET LA JEUNESSE ?

Il existe tout un secteur de poésie « Pour les enfants », d'une mièvrerie, d'un infantilisme, pour tout dire d'une nullité attentatoire aussi bien à la beauté de la poésie qu'à la dignité des enfants et des adolescents. On remarquera qu'aucun des spécialistes fabriquant cette fausse monnaie ne se retrouve dans cette liste.

Car les poètes contemporains ont non seulement une haute idée de leur art, mais un grand respect des jeunes lecteurs : ils ne leur recommandent que le meilleur.

En effet, dans ce palmarès, pas de poèmes écrits spécialement « pour les enfants » — à l'exception peut-être des textes tirés des *Chantefables* de Robert Desnos, la plus belle réussite dans un genre difficile entre tous.

Manifestement, les poètes d'aujourd'hui estiment qu'il n'existe pas de compartiments dans la poésie : « *Je crois que les plus beaux poèmes français à proposer à l'enfance et à la jeunesse sont tout simplement les plus beaux poèmes français* » (Marcel Béalu).

C'est une prise de position générale qui ne peut qu'être approuvée. Elle doit faire réfléchir : c'est pour leur qualité poétique propre que doivent être choisis les poèmes à proposer à de jeunes lecteurs ; et ce sont des poèmes qui doivent aussi toucher les adultes.

Croit-on que les enfants et les adolescents n'éprouveraient pas de sentiments ?

Les cent plus beaux poèmes

1. (18)*   Victor Hugo, *Demain. dès l'aube...*
2. (17)   Guillaume Apollinaire, *Le Pont Mirabeau.*
3. (13)   Joachim du Bellay, *Heureux qui, comme Ulysse...*
          Charles d'Orléans, *Le Printemps.*
          François Villon, *Ballade des pendus.*
6. (12)   Charles Baudelaire, *L'Invitation au voyage.*
7. (11)   Gérard de Nerval, *El Desdichado.*
          Arthur Rimbaud, *Le Bateau ivre.*
9. (9)   Paul Éluard, *Liberté.*
10. (8)   Marceline Desbordes-Valmore, *Les Roses de Saadi.*
          Pierre de Ronsard, *Ode à Cassandre* (« *Mignonne, allons voir si
              la rose...* »).
          Paul Valéry, *Le Cimetière marin.*
13. (7)   Arthur Rimbaud, *Le Dormeur du val.*
          Pierre de Ronsard, *Comme on voit sur la branche.*
          Paul Verlaine, *Chanson d'automne.*
16. (6)   Paul Fort, *La Ronde autour du monde.*
          Francis Jammes, *Prière pour aller au paradis avec les ânes.*
          Rutebeuf, *Que sont mes amis devenus ?*
          Paul Verlaine, *Il pleure dans mon cœur...*
          François Villon, *Ballade à la requête de sa mère pour prier Notre-
              Dame.*
21. (5)   Guillaume Apollinaire, *Saltimbanques.*
          René Guy Cadou, *Celui qui entre par hasard...*
          Marie Noël, *Chanson* (« *Quand il est entré dans mon logis
              clos...* »).
          Jacques Prévert, *Le Cancre.*
          Paul-Jean Toulet, *En Arles.*
          Paul Verlaine, *Le ciel est, par-dessus le toit...*
          François Villon, *Ballade des Dames du temps jadis.*
28. (4)   Guillaume Apollinaire, *La Chanson du Mal-Aimé.*
          Charles Baudelaire, *Harmonie du soir.*
          Joachim du Bellay, *D'un vanneur de blé aux vents.*
          René Char, *Le Martinet.*
          Robert Desnos, *La Fourmi.*
          Paul Éluard, *Pour vivre ici.*
          Jean de La Fontaine, *Les Deux Pigeons.*
          Paul Fort, *Complainte du petit cheval blanc.*
          Paul Fort, *Le Bonheur.*
          Patrice de La Tour du Pin, *Les Enfants de septembre.*

---

* Le nombre de citations est indiqué entre parenthèses.

Gérard de Nerval, *Fantaisie.*
Jacques Prévert, *Pour faire le portrait d'un oiseau.*
Jacques Prévert, *Barbara.*
Jean Tardieu, *La Môme néant.*
Alfred de Vigny, *La Mort du loup.*
Alfred de Vigny, *La Maison du Berger.*

43. (3)
Charles Baudelaire, *La Vie antérieure.*
Charles Baudelaire, *Recueillement.*
René Guy Cadou, *Automne.*
Maurice Carême, *Le Chat et le soleil.*
Jacques Charpentreau, *Le Petit Poème.*
Tristan Corbière, *Rondel* (« *Il fait noir, enfant, voleur d'étincelles...* »).
Robert Desnos, *Le Pélican.*
José Maria de Heredia, *Les Conquérants.*
Victor Hugo, *Les Djinns.*
Victor Hugo, *Booz endormi.*
Victor Hugo, *À Villequier.*
Francis Jammes, *La Salle à manger.*
Jean de La Fontaine, *Le Chat, la belette et le petit lapin.*
Jean de La Fontaine, *Le Chêne et le roseau.*
Jean de La Fontaine, *Le Corbeau et le renard.*
Stéphane Mallarmé, *Apparition.*
Norge, *Monsieur.*
Arthur Rimbaud, Bonheur (« *Ô saison, ô châteaux...* »).
Pierre de Ronsard, *Quand vous serez bien vieille...*
Pierre de Ronsard, *Je vous envoie un bouquet...*
Claude Roy, *La Nuit.*
Jules Supervielle, *Les Amis inconnus.*
Paul Verlaine, *L'espoir luit comme un brin de paille...*
Paul Verlaine, Green (« *Voici des fruits, des fleurs, des feuilles et des branches...* »).

67. (2)
Guillaume Apollinaire, *L'Adieu.*
Guillaume Apollinaire, *Nuit rhénane.*
Guillaume Apollinaire, *Marie.*
Guillaume Apollinaire, *Automne malade**.
Charles Baudelaire, *Je n'ai pas oublié...*
Charles Baudelaire, *Le Chat.*
Charles Baudelaire, *Les Phares**.
Maurice Carême, *La Peine.*
Maurice Carême, *Tu es belle ma mère...**
Blaise Cendrars, *Les Pâques à New York**.
Blaise Cendrars, *La Prose du Ttanssibérien et de la petite Jehanne de France.*
René Char, *Complainte du lézard amoureux* *.

Charles Cros, *Le Hareng saur.*
Robert Desnos, *L'Oiseau mécanique.*
Paul Éluard, *L'Amoureuse.*
Paul Fort, *La Grenouille bleue.*
Eugène Guillevic, *Le Menuisier.*
Victor Hugo, *Tristesse d'Olympio.*
Jean de La Fontaine, *La Cigale et la fourmi.*
Jules Laforgue, *Complainte de la lune en province.*
Jules Laforgue, *L'Hiver qui vient*.*
Alphonse de Lamartine, *Le Lac.*
Alphonse de Lamartine, *Le Vallon*.*
Stéphane Mallarmé, *Brise marine*.*
Oscar Vladislas de L. Milosz, *La Berline arrêtée dans la nuit.*
Alfred de Musset, *La Nuit de décembre.*
Gérard de Nerval, *Artémis.*
Gérard de Nerval, *Delfica.*
Norge, *Au petit bonheur.*
Jacques Prévert, *Chanson des escargots qui vont à l'enterrement.*
Jacques Prévert, *En sortant de l'école.*
Jacques Prévert, *Le gardien de phare aime trop les oiseaux*.*
Arthur Rimbaud, *Bonne pensée du matin*.*
Arthur Rimbaud, *Les Corbeaux*.*
Arthur Rimbaud, *Roman (« On n'est pas sérieux quand on a dix-sept ans... »).*
Saint-John Perse, *J'ai aimé un cheval.*
Sabine Sicaud, *Vous parler ?...*
Jules Supervielle, *Un bœuf gris de la Chine...*
Jules Supervielle, *Le Faon.*
Jules Supervielle, *Hommage à la vie*.*
Jules Supervielle, *Mais avec tant d'oubli*.*
Jean Tardieu, *Les Erreurs*
Émile Verhaeren, *Le Vent.*
Paul Verlaine, *Mon rêve familier.*
Paul Verlaine, « *La lune blanche...* »*
Paul Verlaine, *Impression fausse*.*
Paul Verlaine, *Nevermore*.*
Boris Vian, *Un jour.*
Boris Vian, *Le Déserteur*.*

99. (1)   Louis Aragon, *La Rose et le réséda.*
100. (1)   Maurice Fombeure, *Naïf.*

---

* Ces poèmes n'ont pas été reproduits dans ce florilège. La numérotation ne tient compte que des poèmes publiés.

Une certaine idée de la jeunesse chez les poètes se dégage de ce choix : humour ou tristesse, révolte ou émotion, plaisir du jeu, du chant, sensibilité ou lyrisme, soif de liberté, etc., mais tout cela, c'est à la fois l'éternelle jeunesse qui vibre et s'éveille au monde, c'est l'immense réservoir de la poésie française (« *inépuisable !* », dit Pierre Chabert), où nous trouvons, pour notre joie, d'innombrables exemples de « vie en poésie » — et c'est là que nous puisons notre propre inspiration, poètes ou lecteurs, écrivains « reconnus », ou simples amateurs qui s'essayent à la poésie.

Et c'est bien tout cela que les lecteurs de la poésie veulent retrouver dans les recueils contemporains — et qu'on ne leur propose pas souvent ; sans doute est-ce une des raisons essentielles de la crise du recueil de poèmes dans notre société.

Heureusement, ils le retrouvent dans les choix des poètes d'aujourd'hui. C'est à une initiation de tout ce qui vaut la peine dans la vie qu'appelle cette poésie. C'est par elle qu'il faut passer pour aller vers l'expression personnelle, et peut-être vers une écriture résolument « moderne ».

Car il est sûr que, comme tous les poètes contemporains qui ont répondu à ce référendum (qu'ils soient tous ici remerciés), de jeunes lecteurs, en entendant à travers ces poèmes l'appel de la poésie, de la Parole essentielle, en reconnaissant ce pouvoir sur le monde par la magie des mots, il est certain que de jeunes lecteurs se diront à leur tour : « Et moi aussi, je suis poète ! »

D.C. et J.C.

Table des poèmes

Dominique Coffin et Jacques Charpentreau,
Demain, dès l'aube...   9

PETIT BONHEUR DEVIENDRA GRAND

Norge, Au petit bonheur (*Eux les anges.* © Flammarion,
Paris, 1978).   13

Charles d'Orléans, Le Printemps (*Chansons et rondeaux,*
XVᵉ siècle).   14

Marceline Desbordes-Valmore, Les Roses de Saadi (*Poésies inédites.* Fick, Genève, 1860).   15

Joachim du Bellay, D'un vanneur de blé aux vents (*Les Jeux rustiques.* 1558).   16

Maurice Carême, Le chat et le soleil (*L'Arlequin.* Fernand Nathan, Paris, 1970. © Fondation Maurice Carême, Bruxelles).   17

Jules Supervielle, Le faon (*Le Forçat innocent.* © Gallimard, Paris, 1930).   18

Guillaume Apollinaire, Saltimbanques (Journal *Les Argonautes,* n° 9, février 1909. *Alcools,* Le Mercure de France, Paris, 1913. © Gallimard).   19

Robert Desnos, La fourmi (*Chantefables et Chantefleurs.* © Librairie Gründ, Paris, 1945).   20

Jacques Prévert, En sortant de l'école (*Histoires.* © Gallimard, Le Point du jour, Paris, 1963).   21

Maurice Fombeure, Naïf (*À dos d'oiseau.* © Gallimard, Paris, 1942).   24

Charles Cros, Le hareng saur (*Le Coffret de santal.* Alphonse Lemerre, Paris, 1873).   26

Jacques Prévert, Chansons des escargots qui vont à l'enterrement (*Paroles.* Le Point du Jour, Paris, 1947. © Gallimard).   28

René Guy Cadou, « Celui qui entre par hasard... » (*Les
Biens de ce monde* © Seghers, Paris, 1951).   31

Eugène Guillevic, J'ai vu le menuisier (*Terre à bonheur.*
© Seghers, Paris, 1952).   32

Francis Jammes, La salle à manger (*De l'angélus de l'aube
à l'angélus du soir.* © Le Mercure de France, Paris,
1898).   33

Paul Fort, La ronde autour du monde (*La Ronde autour
du monde.* Tome I des *Ballades françaises* Paris, 1897.
© Flammarion).   34

À PAS DE VENT DE LOUP
DE FOUGÈRE ET DE MENTHE

Claude Roy, La nuit (*L'Enfance de l'art.* Fontaine, Alger,
1942. © Gallimard).   37

Guillaume Apollinaire, Nuit rhénane (*Anthologie critique
des poètes contemporains,* Paris, 1911. *Alcools,* Le Mercure de France, Paris, 1913. © Gallimard).   38

Charles Baudelaire, Recueillement (*Revue européenne,*
1er novembre 1861. *Les Fleurs du mal,* troisième édition).   39

Jules Supervielle, Les amis inconnus (*Les Amis inconnus.*
© Gallimard, Paris, 1934).   40

Robert Desnos, L'oiseau mécanique (1930. *Domaine
public,* © Gallimard, Paris, 1953. Repris dans *Destinée
arbitraire,* © Gallimard, Paris, 1975).   42

Jacques Charpentreau, Le petit poème (*Ce que les mots
veulent dire.* Pour le Plaisir, Éditions Vie ouvrière,
Bruxelles, 1986. © l'auteur).   43

Jacques Prévert, Pour faire le portrait d'un oiseau (*Paroles.* Le Point du jour, Paris, 1947. © Gallimard).   44

Robert Desnos, Le Pélican (*Chantefables et Chantefleurs.* © Librairie Gründ, Paris, 1945).   46

Jules Supervielle, « Un bœuf gris de la Chine... » (*Le Forçat innocent,* © Gallimard, Paris, 1930).   47

Charles Baudelaire, Le chat (*Les Fleurs du mal.* Poulet-Malassis et Debroise, Paris, 1957).   48

Paul Fort, La grenouille bleue (*Deux chaumières au pays de l'Yveline,* 1916. Tome XVIII des *Ballades françaises.* © Flammarion, Paris).   50

Émile Verhaeren, Le vent (*Les Villages illusoires.* Denain, Bruxelles, 1895).   52

Boris Vian, Un jour (*Je voudrais pas crever.* © Jean-Jacques Pauvert, Paris, 1962).   55

Victor Hugo, Les Djinns (28 août 1828. *Les Orientales.* G. Gosselin, Paris, 1829).   56

ET PUIS VOICI MON CŒUR
QUI NE BAT QUE POUR VOUS...

Paul Verlaine, Green (Londres, 1872. *Romances sans paroles,* Sens, 1874).   65

Pierre de Ronsard, Ode à Cassandre (« Mignonne, allons voir si la rose... ») (Deuxième édition des *Amours,* 1553).   66

Pierre de Ronsard, « Quand vous serez bien vieille... » (*Sonnets pour Hélène,* 1578).   67

Marie Noël, Chanson (« Quand il est entré dans mon logis clos »...) (*Les Chansons et les heures.* © Stock, Paris, 1920)   68

Charles Baudelaire, L'invitation au voyage (*Revue des Deux-Mondes*, 1ᵉʳ juin 1855. *Les Fleurs du mal,* Poulet-Malassis et Debroise, Paris, 1857). 70

Jean de La Fontaine, Les deux pigeons (*Fables*. Livre IX. 1678). 72

Stéphane Mallarmé, Apparition (*Poésies*. Éditions de la *Revue indépendante,* Paris, 1887). 76

Paul Éluard, L'amoureuse (Revue *Intentions,* n° 19, novembre 1923. *Mourir ne pas mourir.* © Gallimard, Paris, 1924). 77

Arthur Rimbaud, Roman (23 septembre 1870. *Poésies complètes*. Vanier, Paris, 1895). 78

Paul Verlaine, Mon rêve familier (*Poèmes saturniens.* Alphonse Lemerre, Paris, 1866). 80

Pierre de Ronsard, « Je vous envoie un bouquet... » (*Continuation des Amours,* 1555). 81

Alphonse de Lamartine, Le lac (1817. *Les Méditations poétiques*. Nicolle, Paris, 1820). 82

Paul-Jean Toulet, En Arles (*Chansons. Les Contre-rimes,* ouvrage posthume, Émile-Paul et Le Divan, Paris, 1921). 85

Guillaume Apollinaire, Le pont Mirabeau (*Les Soirées de Paris,* n° 1, février 1912. *Alcools,* Le Mercure de France, Paris, 1913 © Gallimard). 86

René Char, Le martinet (*La Fontaine narrative,* 1947. *Fureur et mystère,* © Gallimard, Paris, 1948). 88

Alfred de Vigny, La maison du berger (*Les Destinées, Poèmes philosophiques*. Publication posthume, 1864). 89

JE N'AI PAS OUBLIÉ...

Charles Baudelaire, « Je n'ai pas oublié... » (*Les Fleurs du mal.* Poulet-Malassis et Debroise, Paris, 1857).   101

Paul Verlaine, Chanson d'automne (1864. *Poèmes saturniens.* Alphonse Lemerre, Paris, 1866).   102

René Guy Cadou, Automne (*Les Amis d'enfance,* Maison de la Culture de Bourges, 1965. *Poésie la vie entière, Œuvres poétiques complètes,* © Seghers, Paris, 1978).   103

Victor Hugo, « Demain, dès l'aube... » (3 septembre 1847. *Les Contemplations.* A. Lebègue et Cie, 2 vol., Bruxelles, 1856).   104

Guillaume Apollinaire, L'adieu (*Le Festin d'Ésope,* n° 2, décembre 1903. *Alcools,* Le Mercure de France, Paris, 1913. © Gallimard).   105

Gérard de Nerval, Fantaisie (*Annales romantiques,* 1832. *Odelettes,* dans *L'Artiste,* 1852 et dans *Petits Châteaux de Bohême,* 1853).   106

Charles Baudelaire, La vie antérieure (*Revue des Deux-Mondes,* 1er juin 1855. *Les Fleurs du mal,* Poulet-Malassis et Debroise, Paris, 1857).   107

Charles Baudelaire, Harmonie du soir (*Revue française,* 20 avril 1857. *Les Fleurs du mal,* Poulet-Malassis et Debroise, Paris, 1857).   108

Gérard de Nerval, El Desdichado (*Le Mousquetaire,* 10 décembre 1853. *Les Chimères,* dans *Les Filles du feu,* 1854).   109

Saint-John Perse, « J'ai aimé un cheval... » (*Éloges.* © Gallimard, Paris, 1911).   111

Paul Verlaine, « L'espoir luit comme un brin de paille... » (*Cellulairement*, 1873-1875. *Sagesse,* Société Générale de Librairie catholique, 1881).   112

Maurice Carême, La peine (*Petites légendes,* Bruxelles, 1954. © Fondation Maurice Carême, Bruxelles). 113

Patrice de La Tour du Pin, Les enfants de septembre (*La Quête de joie,* © Gallimard, Paris, 1933. *Une Somme de poésie,* © Gallimard, Paris, 1946). 114

Oscar Vladislas de L. Milosz, La Berline arrêtée dans la nuit (*La Confession de Lemuel,* 1922. *Œuvres complètes,* © André Silvaire, Paris, 1960). 118

Gérard de Nerval, Delfica (*L'Artiste,* 28 décembre 1845. *Les Chimères,* dans *Petits Châteaux de Bohême,* Didier, Paris, 1853). 121

Paul Fort, Le bonheur (*L'Alouette,* 1917. Tome IV de l'édition définitive des *Ballades françaises.* © Flammarion). 123

Arthur Rimbaud, Bonheur (*Les Illuminations.* Éditions de *La Vogue,* Paris, 1886). 124

LA TREIZIÈME REVIENT...
C'EST ENCOR LA PREMIÈRE...

Gérard de Nerval, Artémis (*Les Chimères,* dans *Les Filles du feu,* Giraud, Paris, 1854). 127

François Villon, Ballade des Dames du temps jadis (XVe siècle). 128

Rutebeuf, Que sont mes amis devenus ? (Extraits de *La Complainte Rutebeuf* et de *La Peine d'hiver.* XIIIe siècle). 130

Jean de La Fontaine, La cigale et la fourmi (*Fables.* Livre premier. 1668). 132

Jean de La Fontaine, Le corbeau et le renard (*id.*) 133

Guillaume Apollinaire, Marie (*Les Soirées de Paris,* n° 9, octobre 1912. *Alcools,* Le Mercure de France, Paris, 1913. © Gallimard). 134

Paul Verlaine, « Il pleure dans mon cœur... » (*Romances sans paroles.* Sens, 1874). 136

Paul Verlaine, « Le ciel est, par-dessus le toit... » (Prison des Petits-Carmes, Bruxelles, septembre 1873. *Sagesse,* Société Générale de Librairie catholique, 1881). 137

Paul Éluard, Pour vivre ici (1918,1^{re} partie. *Nouvelle Revue Française,* n° 314, novembre 1939. Repris dans *Les Cahiers d'art,* 1940. © Gallimard). 138

Guillaume Apollinaire, La chanson du Mal-Aimé (extraits). (*Le Mercure de France,* n° 285, 1er mai 1909. *Alcools,* Le Mercure de France, Paris, 1913. © Gallimard). 139

Victor Hugo, Tristesse d'Olympio (21 octobre 1837. *Les Rayons et les ombres.* Delloye, Paris, 1840). 147

DU FOND DE L'OCÉAN
DES ÉTOILES NOUVELLES

José Maria de Heredia, Les Conquérants (*Sonnets et eaux-fortes,* Paris, 1869. *Les Trophées,* Alphonse Lemerre, Paris, 1893). 159

Jules Laforgue, Complainte de la lune en province (Juillet 1884. *Les Complaintes,* Léon Vanier, Paris, 1885). 160

Paul Éluard, Liberté (*Poésie et vérité.* Recueil clandestin, Paris, La Main à plume, 1942. © Gallimard). 162

Louis Aragon, La rose et le réséda (*La Diane française.* © Seghers, Paris, 1945). 167

Jacques Prévert, Barbara (*Paroles.* Le Point du jour, Paris, 1947. © Gallimard). 170

Blaise Cendrars, La Prose du Transsibérien et de la petite Jehanne de France (extraits). (Paris, Éditions des Hommes nouveaux, 1913. © Gallimard). 173

Jean de La Fontaine, Le chat, la belette et le petit lapin (*Fables*. Livre VII. Paris, 1678). 180

Arthur Rimbaud, Le bateau ivre (1871. *Premiers vers. Poésies complètes,* Vanier, Paris, 1895). 183

Joachim du Bellay, « Heureux qui, comme Ulysse... » (*Les Regrets*. 1558). 188

Victor Hugo, Booz endormi (1er mai 1859. *La Légende des siècles*. Hetzel, Méline, Cans et Cie, Bruxelles, 2 vol., 1859). 189

ET LE MAL DE L'OISEAU,
L'AUTRE OISEAU N'EN SAIT RIEN.

Paul Fort, Complainte du petit cheval blanc (*Mortcef,* suivi de *Cantilènes et ballades,* 1909. Tome X des *Ballades françaises,* Eugène Figuière, Paris, 1909. © Flammarion). 197

Tristan Corbière, Rondel (*Rondels pour après. Les Amours jaunes*. Librairie du XIXe siècle. Glady frères, éditeurs, Paris, 1873). 198

Sabine Sicaud, Vous parler ?... (*Les Poèmes de Sabine Sicaud* Publication posthume. Stock, 1958). 199

Pierre de Ronsard, « Comme on voit sur la branche... » (*Sur la mort de Marie*. 1578). 200

Victor Hugo, À Villequier (4 septembre 1847. *Les Contemplations,* A. Lebègue et Cie, Bruxelles, 2 vol., 1856). 201

François Villon, Ballade des pendus (*Poésies diverses,* 1463). 210

Arthur Rimbaud, Le dormeur du val (1870. *Poésies complètes*. Vanier, Paris, 1895). 212

Alfred de Vigny, La mort du loup (1843. *Les Destinées, Poèmes philosophiques*. Publication posthume, 1864).   213

Alfred de Musset, La nuit de décembre (extraits). (1835. *Poésies nouvelles (1835-1852)*.   217

Jean de La Fontaine, Le chêne et le roseau (*Fables, Livre 1*. 1668).   222

Jean Tardieu, Les erreurs (*Monsieur, Monsieur* © Gallimard, Paris, 1951).   224

Norge, Monsieur (*Famines*. La Haye, Stoos, 1950. © Seghers, Paris).   225

Jean Tardieu, La môme néant (*Monsieur Monsieur*. © Gallimard, Paris, 1951).   226

François Villon, Ballade à la requête de sa mère pour prier Notre-Dame (*Le Testament*, 1461).   227

Francis Jammes, Prière pour aller au paradis avec les ânes (*Le Deuil des Primevères*. Le Mercure de France, Paris, 1901)   230

Paul Valéry, Le cimetière marin (*Charmes* © Gallimard, 1922).   232

Les poètes des cent plus beaux poèmes   241

Dominique Coffin et Jacques Charpentreau,
Les cent plus beaux poèmes pour
l'enfance et la jeunesse   261

*

Nous remercions les poètes (ou leurs héritiers) et les éditeurs qui nous ont autorisés à reproduire des textes dont ils conservent l'entier copyright.

Malgré toutes nos recherches, il ne nous a pas été possible de retrouver les ayants droit de quelques poèmes qui n'appartiennent pas encore au domaine public. Le cas échéant, qu'ils se mettent en rapport avec nous.

Le Livre de Poche s'engage pour l'environnement en réduisant l'empreinte carbone de ses livres. Celle de cet exemplaire est de : **300 g éq. CO₂** Rendez-vous sur www.livredepoche-durable.fr

PAPIER À BASE DE FIBRES CERTIFIÉES

Édité par la Librairie Générale Française - LPJ
(58 rue Jean Bleuzen, 92170 Vanves)

Composition Jouve
Achevé d'imprimer en Espagne par Liberdúplex
Dépôt légal 1ʳᵉ publication février 2015
85.5563.7/07 - ISBN : 978-2-01-220236-8
Loi n° 49-956 du 16 juillet 1949 sur les publications destinées à la jeunesse
Dépôt légal : octobre 2020